AF190762

Et kalejdoskop af digte, historier, fortællinger og eventyr, samlet i 2020.

Tekster fra Forfatterskolen i Sandvig og nogle ældres fortællinger og livshistorier.

Kolofon:
November 2020
Samlet – Lone Rytsel
Redaktion – DOF – Sandvig Folkeoplysning og Fortælleværksted
Korrekturlæsning – Maria Salling Wiegandt
Forlag – BoD – Books in Demand – København – Danmark
Tryk – BoD – Books on Demand – Norderstedt – Tyskland
ISBN - 9788743029199

Baggrund for bogen

År 2020 er et ganske anderledes år, end vi tidligere har oplevet. Corona kom på besøg. Landet har været næsten lukket helt ned fra marts måned, åbnet lidt henover sommeren, og nu igen flere restriktioner. Frygt og angst for sygdom, tab af arbejde og ændret livsvilkår har præget os alle. Men det har også givet nye muligheder, fordi vi har lært at være sammen på afstand, og fundet nye måder at finde vores livsglæde på.

Hos DOF – Sandvig Folkeoplysning og Fortælleværksted – har vi fundet nye veje. Da det ikke var muligt at mødes til foredrag, undervisning og andre aktiviteter, fandt vi ud af at mødes på zoom, og dele vore aktiviteter via Facebook. Da vi igen kunne mødes, men med begrænset antal kursister ad gangen, løste vi det med mindre hold – suppleret med zoom undervisning.

Vi fik mange nye deltagere, som var meget aktive i undervisningen og hjemme, og nogle af de mange skriverier fra vores Forfatterskole er blevet samlet og udgivet i denne bog.

Slots- og Kulturstyrelsen gav tilskud til at gøre noget for ældre borgere, der blev isoleret og ensomme på grund af Corona, og vi fik mulighed for at arbejde med deres livshistorier. Nogle fortalte via interview på zoom, andre pr. telefon, og atter andre havde også mulighed for at mødes med hinanden i Sandvig. Nogle af deres historier er medtaget i denne bog og med henvisning til de videoer, der findes på YouTube.

Indholdsfortegnelse

Digte

Bent Vifert Larsen

Måtte jeg altid vide

Det jeg først sent forstod

Bag dette sorte og hvide

Rødmer mine aners blod

Hvert af de skrevne navne

Gælder en vandrende sjæl

Hvert af de tørre årstal

Nævner en milepæl.

Gerne jeg vil da yde

Den ydmyge varme trøst

Villig forstå og adlyde

I kærlighed og bønlig røst

Ønske en fredfyldt vandring

Hver som her nævnes ved navn

Fred i al indgang og udgang

I gravens som vuggens havn.

Bent Vifert Larsen

Næsten

Næsten er som et mantra

Tilføj det til dit liv og færden

Så er alt tilladt, næsten

Tilføj det til din opførsel

Så er alt tilladt, næsten

Tilføj det til din tale

Så er alt tilladt, næsten

Tilføj det til din indre dialog

Så er alt tilladt, næsten

Bent Vifert Larsen

Livsaften

Årene skrider og vi skrider med
men hvad gør det, hvis man blot føler fred
fred i sindet med den gerning vi øved'
og hvor ens kunnen og vilje blev prøved
da har vi lært om livets værd,
da får vor livsaften gyldent skær

Bent Vifert Larsen

Kærlighedsforviklinger

Jeg elsker Anne, det ved jeg

Anne kysser Jens, det tror jeg

Jeg kysser Lene, det ved jeg

Lene elsker Jens, det tror jeg

Bent Vifert Larsen

Hvad er det der sker

Hvad er det der fylder mit øje med tårer

Hvad er det der sker

Hvad er det der trykker mit hjerte så såre

Hvad er det der sker

Hvad er det der fylder mit øje med mildhed

Hvad er det der sker

Hvad er det der fylder mit hjerte med stilhed

Hvad er det der sker.

Anne Holde

Vinterdrømme

Du svajer imod mig

nøgen og blid

dansende i stram bøjelig figur

længslens øjeblik og stille blå stund

fortryllet i glimt med en uklar

regndråbe på din kind

vokser roligt frem fra dit skjul

og viser din hule frem

vundet og fundet

Anne Holde

Det nøgne træ

Januar gav genlyd

klædt i mat mælkehvidt skær

i tågedis stod du rank

med solid stamme

sparede ikke på kræfterne

jeg omfavnede hele din stabile krop

fra rødder, gennem stamme mod top

Anne Holde

Caféen

Svensk skønhed i Århus

i flagrende florlet blomster kjole

smuk og ubekymret ung i godt selskab

persiske rødder og danskhed

danner makkerpar

dialektens toner fader ud

falder ned i en cider

Jetthe Juanitta Tengwen Damgård

Et nyt liv flammer

Et nyt liv flammer
I stille stunder.
Nye indsigter lyser op - i ensomhedernes mørke gange.
Livets buldrende eksplosion rører på sig, helt lydløst i urgrunden.

Længslen efter den der ved -

        den der kender dig

        den der forstår dig

        den der forstår din smerte

Og hvis ikke forstår, så gider lytte.

Og så smiler Længsel og Savn
Og synker ind i dagens Favn.

Birthe Aela Faarvang

Mand og mand imellem

Hun husker det
som var det i går

Hun stod kun få meter fra dem
sjældent har nogen gjort
så stort indtryk på hende

Ja, mand
Nej, mand

Hun kunne ikke få øjnene fra ham

Han sad med en bajer i hånden
snakken gik livligt
mand og mand imellem
mellem ham, faderen
og hans broder
ordforrådet var ikke stort

Ja, mand
Nej, mand

Dog var der ingen slinger i valsen

Hun har aldrig
hverken før eller siden
kendt nogen
der med så få ord
kunne få sagt så meget

Ja, mand
Nej, mand

Hun prøvede at tælle
men måtte give op

Hun kendte ham, hans kone og børn
fra den gang de boede i korridorlejligheden på femte sal
de var i familie med hinanden
næsten
hans kone var moderens kusine

Han var kommet for
at invitere dem på eftermiddagskaffe I sit nye hus

For hende var det uden betydning
det var ordene

Det var især alle de gange mand
der betød noget

En ægte Vesterbro dreng
en københavner med k
eller v
det er ikke til at sige

Men ordene, de tre – fire ord. dem havde han i sin magt
ingen kunne som ham
føre så god en samtale
give så god en forklaring

men det var især hans brug af ordet mand
der gjaldt hendes beundring
et ord

hvis sætning fuldstændig ville have mistet sin glans

uden det

Du skulle have set ham, mand

jeg har sgu aldrig set noget lignende, mand

Ja, det kan du skyde dig selv i foden på, mand

Han havde tag på det

Nej, mand ingen slingrer i valsen

Ja, det er sgu det jeg siger, mand

du skulle have set ham, mand

drøne op ad stigen med hundredekilo sække på nakken,

mand

En ren Tarzan, mand

med kræfter som en gorilla, mand

ja, dem skulle vi have nogen flere af mand

så var der sgu noget ved det, mand

Efter en tre – fire bajere tog han og broderen afsked

Du må have det mand
sagde han

Og lettede på børen

Birthe Aela Faarvang

Nu er det nok

Hun kryber sammen i sofaen
tårerne springer ud af øjnene på hende
Hendes liv er brudt sammen
smadret til ukendelighed

Som et symbol
på hendes elendighed
ligger de på gulvet
ikke i en bunke
men stump for stump
Coco Channel dragten
stiletterne
Gucci tasken
halskæden med hjertemedaljonen med deres billede
og ringen med deres navne

Og så er der ferien

Hun har glædet

sig i ugevis

i månedsvis

stolet på hans løfter

Men, hvor naiv har man lov til

at være

Hun burde have vidst det

det var ikke første gang

han ikke overholdt

deres aftale

det var næsten

mere reglen end undtagelsen

Men denne gang havde hun troet på ham

troet på

at de havde en fremtid sammen

at det nok skulle blive dem

Men han kom ikke

overholdt ikke aftalen

"hun forstod nu, hvorfor"

det selv om de havde ringet sammen

når han havde mulighed for det

skrevet sammen

tjattet sammen

Og hver gang

ja, hver eneste gang

havde han højt

og helligt

lovet

at han ville bede sin kone om sin frihed

At han

når hans skib anløb havnen

ikke ville tage hjem til sin kone

men hjem til hende

at det er hende

han elsker

Ja, hun havde troet på ham

Hun var taget hen for at møde ham

men da hun stod på kajen og ventede på

at skibet blev fortøjet

så hun hende

Hans kone komme kørende i deres Mercedes

med deres to små børn

Hun havde skyndsomt trukket sig tilbage for

ikke at blive set

Hun så ham komme gående ned ad gangvejen
så ham lyse op
da han fik øje på sin kone
og børnene
så da
han kyssede dem
ikke mindst, da han kyssede sin kone

Med et vidste hun
at alt ved ham, var løgn
at hun blev holdt for nar
at det aldrig ville blive anderledes

Og i morgen
eller en dag
når det passede i hans kram
når han ikke havde andet at lave
ville han som sædvanligt stå uden for hendes dør
brødebetynget
med et undskyldende smil på læberne

en buket røde roser

og en invitation

Og han vil fortælle hende

at hans kone ikke vil høre tale om skilsmisse

at han ikke vidste

hun ville hente ham ved skibet

at hun truer med

at tage børnene fra ham

at hun vil gøre livet surt for ham

Hun har hørt det så mange gange før

Når hun tænker efter

er det som

at høre en grammofonplade

der bliver ved

at køre i samme rille

Hun selv vil som sædvanligt

tage imod ham

høre på ham

lytte til hans løgne

De vil elske

gå ud og spise

derefter vil han forsvinde lige så hurtigt

som han kom

Tilbage vil hun have

tomheden

og rosenbuketten

og hun vil igen gå og vente på

at telefonen skal ringe

Men nej, denne gang skal det ikke gå sådan

Hun retter sig op

tørrer øjnene i morgenkåbens ærmer

det er slut

skal være slut

hun vil ikke vente mere

hun vil ikke holdes for nar mere

Og ferien

hun har stadig ferie

Hun griber telefonen

ringer til rejsebureauet

spørger om, der skulle være

en ledig plads på turen til Grækenland

Hun er heldig
det er der

Hun finder kufferten frem
samler Cocco Channel dragten
Gucci tasken
Halskæden
Ringen
og stiletterne op fra gulvet

Et par timer senere sidder hun i en taxa
på vej til det hotelværelse
hun har lejet
til hun skal rejse

Ringen

og halskæden

har hun i en kuvert

adresseret til hans kone

Og når hun har tjekket ind på hotellet

vil hun gå på posthuset

og sende det

som et rekommanderet brev.

Hun smiler ved tanken

Birthe Aela Faarvang

Cafeen

Der var varmt på cafeen

Vestas havde leveret den rette temperatur

Ingen sad og skuttede sig

Alle nød den lette påklædning

Cappuccinoen havde den rette temperatur

Smagen kunne der heller ikke klages over

Alt i alt var alt i den skønneste orden

Hvis det ikke var fordi

Hun ikke skulle sidde og vente på ham

Men det så ikke ud til at han kom

Heller ikke denne gang

Hun rejste sig for at gå

Greb fat i pelsen, der lå henslængt over stoleryggen

Tog sin taske, skubbede stolen ind på plads

I samme øjeblik blev døren åben

Der lød et skud

Hun faldt om

Han bøjede sig ned over hende

Det er slut hviskede han ind i øret på hende

Tog hendes taske og pels skød et skud ud i luften

Og forsvandt lige så hurtigt som han var kommet

Birthe Aela Faarvang

Lus eller krøller

Du har lus, siger moderen
I har lus, fortsætter hun
mens hun roder i hendes og lillesøsterens hår

Lus, hun forstår ikke noget
Hun har ikke lus
hvor har moderen fået den idé fra

I skal have vasket hår
og så skal der aflusningsmiddel i
siger hun vredt
og kigger over på mormoderen

Mormoderen er også vred
der er lige brugt gas på at varme krøllejernet
og gas koster penge

Hun tror ikke på moderen

Og, hvad med alle krøllerne
Nu var hun lige så glad
og aflusningsmidlet

Hun hader aflusningsmidlet
det lugter
og så skal hun rende rundt med håndklæde om håret
så alle kan se
hun har lus

Hun hyler
Hun tigger og beder moderen om det ikke kan vente til
næste dag
så er krøllerne alligevel væk

Men der er ingen vej uden om
og nu klør det også

Jetthe Juanitta Tengwen Damgård

Et nyt liv

Et nyt liv flammer i stille stunder.

Nye indsigter lyser op - i ensomhedernes mørke gange.

Livets buldrende eksplosion rører på sig

helt lydløst i urgrunden

Længslen efter

den der ved

den der kender dig

den der forstår dig

den der forstår din smerte

og hvis ikke forstår så gider lytte

Og SÅ smiler Længsel & Savn

og synker ind i dagens Favn

Et nyt liv flammer i stille stunder.

Nye indsigter lyser op - i ensomhedernes mørke gange.

Livets buldrende eksplosion rører på sig

helt lydløst i urgrunden

Jopie Leopoldsdotter von Horn

GO'MOR'N NIOGTYVENDE SEPTEMBER

LUCY har altid
haft et stort problem - mindste
pige i klassen

men CHRISTIAN ku' li'
hende præcis som hun var -
lille og lækker

en dag fortalte
hendes søde veninde
om VOKSEPILLER!

men lægen sa' nej -
de er ikke testet nok
det fraråder jeg

men veninden sa'
man ku' få dem på nettet

tilsendt fra KINA
var værd at prøve
så det gjor' LUCY straks -
fik dem med posten

der stod et skema
som skulle følges korrekt
morgen og aften

to piller pr. dag
så voksede man gradvist -
STOP! når det var nok!

hun fulgte planen
i en lille måneds tid -
det gik så langsomt!

måske sku' man ta'
den dobbelte dosis - se
om ikke det hjalp

og som sagt så gjort
hun doblede dosis op -

nu skete der nog't
for hver dag blev hun
et ret stort stykke større
indtil det var nok!

så holdt hun pause
tog ikke flere piller!
dertil - og så slut!

hun var glad og stolt
også CHRISTIAN kunne li'
sin flotte kone

der gik en uge
hvor hun ingen piller tog
men noget var sket!

var vokset mere
og hun blev helt forskrækket -
hvo'n stopper man det?

ku' man kontakte
det kinesiske firma
og be' om et råd?

hun sendte en mail
men de svarede aldrig -
fejlen var hendes!

hun skød i vejret
ku' ikke mere sove
i der's dobbeltseng

ku' ikke passe
sin garderobe - gik rundt
helt uden tøj på

gik aldrig mer ud
men kontaktede lægen -
sa' hvad der var sket!

blev helt forskrækket -
kom på hjemmebesøg
fik nærmest et chok!

nu må vi finde
et andet produkt der gi'r
en modsat effekt

et andet firma
som også var kinesisk
reklamerede

hvis man var for stor
sku' man bare ta' piller
med omvendt virkning!

bestilte på ny
og ganske rigtigt
blev lille igen

CHRISTIAN blev så glad
fik sin kone tilbage!
så KINA: FARVEL!

Små historier

Bent Vifert Larsen

At rejse er at leve

At rejse er at leve, sagde vores berømte eventyrdigter, vi der har rejst meget er vel helt enige i dette udsagn, men det er jo ikke bare at leve, det er jo også dette at opleve.

Men de bedste rejser og de største oplevelser får man hvis man evner at rejse uden fordomme og ikke fornægter sig noget, mit rejsemantra er, for mig er alt tilladt, med det lille ord *næsten* tilføjet.

Der er jo mange måder at rejse på, for nogen er tre uger på en sandstrand den store oplevelse, for andre er en kæmpe brandert på nærmeste værtshus den store oplevelse, begge måder er måske afslappende, på hver sin måde.

For mig er en god og oplevelsesrig rejse, mest et spørgsmål om at komme tæt på den lokale befolkning, eller de indfødte, som jeg ynder at sige, det er her man oplever noget af den lokale kultur, det er her man oplever livet her og nu, det er umuligt at være sur eller trist, når man er gæst hos lokale, som beværter med lokal mad, som man ikke helt ved hvad er og som smager noget anderledes end en dansk hakkebøf med bløde løg, når man så sidder der og prøver at tale sammen med gloser sammensat af flere sprog, så er der pludselig åbnet for et godt grin, et godt grin forstår alle, uanset hvilket sprog man griner på.

I min tid til søs, brugte vi også ind imellem gloser sammensat fra forskellige sprog til at kommunikere med, vi kaldte det, *udenbordsengelsk*, det er både udfordrende og sjovt at benytte denne form for kommunikation, hvor man ikke på forhånd ved hvilket sprog det næste ord kommer fra.

Nu er dette hjemmestrikkede sprog tilsyneladende også nået til Danmark, for nogen tid siden mødte jeg en indvandrer der spurgte om vej, jeg var ikke helt sikker på om han havde forstået mig, så jeg spurgte, forstår du mig, han svarede på et smukt dansk, *Ja ja, jeg godt forstå, dig sige*, man kan vel godt sige at den indvandrer også er på en lang rejse, sprogligt.

Nu begynder mit skriveri at dreje sig mere om sprog end fysisk at rejse, men det er vel naturligt for uanset om du rejser til Indien, Polen eller Vorupør, så vil du opleve et nyt sprog du skal forholde dig til, sådan vil det også være, når jeg sidst i oktober måned sidder i selvvalgt ensomhed med slukket telefon i et sommerhus helt ude ved Jyllands vestkyst, for at arbejde med min slægtsforskning, se, det er også en slags rejse.

Jeg startede denne side med et udsagn om, at rejse også er at blive beriget, jeg har for nyligt fået mit ordforråd beriget med et for mig et nyt ord -*seniorselvstændige*- skønt ord, den slags er jo i sig selv en rejse i vores sprog, en slags sproggymnastik – jeg vil slutte med en lille sætning, jeg har læst et eller andet sted.

– hvis du ikke lærer noget nyt ind imellem, lærer du jo intet.

Bent Vifert Larsen

Wuhan

Det var en kølig forårsmorgen, solen skinnede over Wuhan og strålerne ramte Mailie, der gik og fløjtede for sig selv, hun elskede de her tidlige og klare morgener. Det gav hende altid et top-humør. Mailie var overbevist om, at det var sundt både for hende, dyrene og ikke mindst moder jord. De morgener var der bare ikke så mange af længere, for det meste var himlen dækket af smog, så det var bare om at nyde det, når der endelig var klar himmel.

Mailie gik ned ad den sidevej der førte ned til det laboratorie, hun havde skabt samen med sin far Hui-fen. Hendes mor døde i barselssengen, så hun var vokset op alene sammen med sin far, i Wuhan – en millionprovins i Kina. Men det gjorde intet, hun følte ikke at hun havde manglet noget. Hendes far havde altid været meget omsorgsfuld og arbejdet hårdt, så han havde råd til at sende hende på universitetet, som hun altid havde drømt om.

Mailie var den type pige, som var meget dedikeret til de ting der interesserede hende, og andre mennesker var ikke noget der interesserede hende synderligt. Nej, hun var det man kalder en enspænder – eller særling, som mange af hendes studiekammerater kaldte hende. Hun var ligeglad, det der betød noget for hende, var klima, moder jord og de dyr der bor i denne verden. Jo, hun var selvfølgelig meget dedikeret til sin far, han var også det eneste menneske, der kunne forstå hende.

Mailie havde afsluttet sit kandidatur i videnskab og klimatologi for fem år siden og havde arbejdet side om side med sin far, som havde en phd i biologi. De forskede sammen i de klimaforandringer moder jord stod overfor.

Mailie og hendes far, drømte om at finde nogle mikroorganismer som kunne ernæres alene af co2 og de var nået langt. Faktisk så langt, at de kunne begynde at teste i deres små lufttætte glasmontre.

Mailie gik stille med dørene til dagligt, men lige så stille, sød og fredelig hun kunne være i laboratoriet med sin far, lige det modsatte var hun, når hun gik til klimademonstrationer, imod de gamle mænd som ikke var klogere, end at magt og penge var alt de forstod. Ja, sådan tænkte hun om verdens statsledere og præsidenter.

Hun var harm over at Præsident Trump havde genoplukket alle de kulminer, som Obama ellers havde lukket, fordi de forurener vores dyrebare natur. Lige så harm var hun over at Brasiliens præsident Jair Bolsonaro lod Amazonas brænde i flere måneder, uden at gøre noget som helst andet end at gnide i sine små hænder imens han kun kunne tænke på penge. Hvad med alle de dyr der bor der? Og for pokker, hvad med moder jord? Hun kan snart ikke trække vejret længere, fordi mennesker har så travlt med at lave penge, at de ikke tænker – eller er ligeglade med, hvordan vores planet har det. Amazonas, Antarktis og Verdenshavene bliver ødelagt, i bestræbelserne efter penge og magt og det er moder jords lunger, der dagligt bliver dårligere og dårligere.

Hun var faktisk så vred, at hun var begyndt at lave små eksperimenter i laboratoriet, som hendes far for alt i verden ikke måtte kende til. Han ville synes hun var uansvarlig og det var bare det sidste Mailie, der lige var fyldt 30 år, havde lyst til at høre fra sin far. Hun havde et lille mørkt lokale, som hun havde nøgle til, her kunne hun være i fred og dyrke sin nye passion.

I næsten fire år havde Mailie hver aften, når hendes far gik hjem, låst døren op til hendes eget lille laboratorie og sad med Reagensglas, Agarplader, Mikroskoper og pipetter og fulgte det liv, det var lykkedes hende at skabe. Hun, ville udrette noget stort, Hun ville hjælpe moder jord til at kunne trække vejret igen.

Og det liv der nu var opstået på denne agarplade, var virkelig interessant, hun vidste bare, at hun havde fundet noget, som ville ændre de magtfulde tykke midaldrende mænds syn på, hvad det betød at kunne trække vejret. Hun havde skabt en virus... det ville blive stort!

Mailie pakkede sin lille agarplade med den levende virus, ned i sin taske. Agarpladen havde hun tilsat en duft af nybagt brød. Hun havde udtænkt sig en plan. Hun gik ned ad den stille sidevej og ud på hovedgaden i Wuhan. Det vrimlede med mennesker og biler. Hun gik målrettet hen mod det marked, som lige nu ville være tætpakket af mennesker og dyr og hvor mennesker var nogle rigtige sataner overfor dyr. De havde så mange levende dyr pakket sammen i metalbure, stablet oven på hinanden. De slagtede dyrene, til de kunder som kom for at købe deres aftensmad her, imens de andre dyr med frygt i øjnene kunne se, hvordan det ene dyr efter det andet måtte lade livet. Dyrene skreg af rædsel, men det forstod de dumme mennesker ikke. Hun væmmedes ved tanken. Hvor kunne mennesker være så onde? Ikke noget under at Mailie ikke brød sig synderligt om mennesker.

Chao Fu... den mand der ejede det store marked i Wuhan, var en meget velhavende mand ... og tyk – og midaldrende og magtfuld. Hun vidste, han ville være at finde på markedet i aften. Hun ville fortælle et par ord .. eller . næ .. det ville hun faktisk ikke, for det var han for dum til at forstå. Han skulle føle, skulle han.

Hun gik ind på markedet, det skulle gå hurtigt, for her havde hun slet ikke lyst til at være. Det gjorde så ondt inde i hende at se og høre hvordan dyrene led. Hun masede sig igennem menneskemængden, og der – to meter fra hende, stod Chao Fu. Hun gjorde sig så lille og usynlig hun kunne, og i det hun gik forbi Chao Fu, åbnede hun sin agarplade og puttede den ned i hans jakkelomme. Hun gik baglæns væk fra ham, imens hun så, at han puttede sine hænder i lommen og tog pladen op til næsen for at lugte til den. Ah - den duftede så godt, at Chao Fu slikkede på den for at smage hvad det var. Mailie var yderst tilfreds, nu ville hun gå hjem til sin far og drikke en kop te med ham og vente på, at hendes lille virus ville gøre det den skulle.

Hun kaldte sin lille virus for Covid 19, fordi det var en type virus, der kommer fra Corona virusset. Hun havde designet den til at angribe lungevævet på især ældre tykke mænd. Andre kunne selvfølgelig også blive smittet - det var hun klar over, derfor havde hun jo også modgiften - vaccinen. I sit hemmelige laboratorie, men det holdt hun også helt for sig selv. Hendes mål var helt klart de magtfulde gamle, tykke mænd, som ikke tænkte på andet end rigdom og magt, her tænkte hun jo især på Trump og Bolsonaro.

Der var nu gået tre dage og Mailie vågnede op til nyhederne i TV om, at Chao Fu var blevet indlagt og var i kritisk tilstand. Han var blevet meget syg og lå i respirator. Han kunne ikke trække vejret selv! Mailie var lykkelig! Det virkede, men hun havde ikke forudset, hvor gerne hendes designer-virus ville overleve og sprede sig. I løbet af få måneder, havde hendes virus spredt sig til hele verden og kaldtes nu for en Pandemi. Alle lande lukkede ned og bad folk om at blive hjemme for at stoppe hendes virus i at sprede sig. Alle fabrikker blev lukket, luftfart og turisme blev lukket ned. Overalt på kloden, blev mennesker ramt af hendes virus, som gjorde at de ikke kunne trække vejret.

Det blev til mange måneder, hvor mennesker holdt sig hjemme og det var godt. Hun havde opnået det hun ville – givet moder jord en pause, så hun kunne komme sig og reparere sine lunger.

Ideen til dette skriv opstod, da Præsident Trump for åben skærm påstod, han havde bevis for, at Kina bevidst havde udviklet denne virus – samt at Kineserne samtidig påstod, at de havde en modgift til den.

Men det er naturligvis ren fiktion.

Mailie's Far: Hui Fen betyder: Den kloge mand.

Mailie, udtales: My-Lee. Betyder Den smukke.

Chao Fu betyder: Chao = ovenpå, mægtig. Fu: Den der er rig.

Birthe Aela Faarvang

En flygtnings tanker

Hvad gør jeg her, hvorfor er jeg her?

Jeg, der skulle bo i mit og Emirs smukke hus i Pristina
Jeg, der hver morgen skulle køre til universitet for at undervise i
filosofi, når Emir var taget af sted til hospitalet for at operere.

Jeg, der før krigen levede et lykkeligt liv.

Jeg er nu tvunget til at leve i dette land
hvor jeg ikke hører til
i denne lejlighed
der aldrig kan blive mit hjem.

Til alt held var Sadri ikke hjemme
da Emir og vores to ældste sønner blev mishandlet
og skudt af naboens sønner
de to som Emir hjalp til verden.
Hvordan jeg slap væk og fik advaret Sadri, det husker jeg ikke.

I det hele taget husker jeg ikke ret meget fra den tid.

Den dag, jeg læste i avisen, at der var fundet en massegrav i Racak, vidste jeg at min bror var mellem de døde.

Den dag tænkte jeg på at tage mit eget liv.

Den eneste familie jeg har i dag er Sadri, og de andre flygtninge fra lejren.

Det er ikke så nemt at bevare håbet.

Klummer og indlæg

Skrevet i Coronatiden

Fokus på det du ønsker

En lille fyr har invaderet os. Han er usynlig og har mange venner. Han er meget selskabelig og social. Han vil gerne ha` endnu flere venner, og det er nemt for ham, han behøver ikke hjælp, kan selv formere sig. Men han kan også lide at ha´ plads omkring sig, og gerne forandring. Han elsker at finde nye steder at bo. Han kom til Danmark fra et eller andet sted i udlandet. Nogle siger Kina, andre siger Italien eller Østrig, og nogle enkelte mener Rusland. Svært at vide.

Måske finder vi et svar en dag, eller også gør vi ikke. Vi har aldrig været bange for at invitere gæster ind i vores land. Vi tog imod polakker, jøder og senere gæstearbejdere fra Tyrkiet og Pakistan.

Og vi bød dem alle sammen velkommen. Men vi bad dem også om at opføre sig ordentligt, og det gjorde de stort set allesammen. Bortset fra de seneste år, men det er nok vores egen skyld. Vi bød dem velkomne, men havde ikke lyst til at ha` dem som naboer, og vi stillede ikke mange krav til dem, men de skulle i hvert fald slet ikke gifte sig med vores døtre.

Men så kom den lille glade og selskabelige fyr, der formerede sig hurtigere, end vi kunne følge med. Vi lukkede vores grænser. Vi blev hjemme fra arbejde og skole. Men han var en lille lusket fyr, der sneg sig ind alligevel.

Efter mange måneder fik vi nogenlunde styr på ham. Han blev primært isoleret til at blive hos de ældre på plejehjemmene og de særligt udsatte, og så kunne vi andre - de unge, de voksne og børnene - igen komme på arbejde og i skole.

Og de mange nye studerende kunne opføre sig næsten, som de plejede. Det var solskin, og der var tid og lyst til at holde gadefester og dejligt mange timer på stranden.

Men den lille fyr er også en festabe, så han sneg sig ud fra plejehjemmene og fandt ud af, at det var meget sjovere at være på barer, cafeer og til alle de udendørsfester, der udviklede sig, og nu kunne han også rejse ud i verden igen med de unge.

Den lille fyr stortrivedes, indtil der igen blev sat en stopper for hans udlængsel. Nu måtte han blive hjemme i Danmark.

Det generede ham nu ikke. For festerne blev bare mere intense, og selv om gæsterne kom nogle stykker stof omkring mund og næse, var der masser af muligheder for at komme ind i de nye spændende "huse".

Det var rigtigt, at vi bød ham velkommen, men vi bad ham også om at opføre sig pænt. Og hvad skete der så?

Han lytter ikke.

Måske har han ikke ører?

Måske er han ligeglad?

Måske slipper vi aldrig af med ham?

Hvordan skal vi lære at leve med ham?

Hvad kan vi måske lære af ham?

Måske skal vi lære at blive mindre materielle og meget mere tilstedeværende?

Måske skal vi ikke rejse så meget? Det kan vi heller ikke nu, hvor grænserne næsten bliver lukket?

Måske skal vi heller ikke forbruge så meget? Det er jo heller ikke så sjovt at gå i byen mere, og når vi ikke går i byen, har vi heller ikke så meget brug for tøj.

Måske skal vi ikke længere planlægge efter, hvad vi skal gøre, men mere efter, hvad vi har lyst til at føle og tænke?

Hvis jeg sidder lørdag aften, efter at have set en god film og er på vej i seng, ville jeg tidligere nok have tænkt. "Hvad skal jeg lave i morgen"? "Jeg skal vaske tøj, og vi skal besøge tante Oda og så skal jeg læse alle de aviser, jeg ikke har nået i ugens løb, så jeg kan følge med i, hvad de skriver om Coronasmitten i mit område."

Hvad nu hvis jeg i stedet tænkte? "Hvad har jeg lyst til at føle i morgen på en dejlig søndag?" "Jeg har lyst til at føle mig lykkelig og glad, og jeg vil nyde, at jeg kan gøre lige, hvad jeg har lyst til. Måske en lang tur på stranden og lade tankerne flyve ud over havet, og opleve duften af tang, lyden af bølgernes sagte rislen og synet af de fantastiske farver, som havet og himlen kan byde på."

Og hvad nu hvis jeg gjorde det?

Så ville jeg måske komme hjem afstresset og med et immunforsvar, der helt af sig selv ikke gav adgang til, at den lille fyr fik lyst til at besøge mig.

Behøver jeg at læse alle de gamle aviser? Næ. Behøver jeg at besøge tante Oda. Næ, ikke med mindre hun er alvorlig syg. Så kan jeg gøre det næste weekend.

Så kan jeg også slippe mit fokus på den lille fyr, der endnu ikke har forstået, at han ikke er velkommen.

Lone Rytsel

Tro du kan, så kan du - måske?

"Du ved ikke, hvor let noget er, før du har prøvet det"

Kaster mig ofte ud i nye udfordringer. Ikke så langt fra ord til handling. Ikke bange for at prøvet noget, jeg ikke har prøvet før.

Vovede at købe en ny bærbar computer og lægge programmer og filer ind. I dag ved jeg ikke, hvad jeg gjorde, men det virker.

Jeg oprettede en ny type mail og fik det til at fungere efter en lang indkøringsfase.

Jeg hørte om Zoom og kom på kursus. Men det gik helt galt, kunne ikke finde ud af det. Var lige ved at opgive. Men jeg skulle bruge det, så holdt ud. Prøvede det næste kursus, og forstod ikke en lyd. Prøvede en tredje gang. Stadig samme resultat. Gik på nettet og fandt en ganske enkelt metode. Og miraklet skete. Jeg forstod det. Jeg kunne. Det må være lige som at vinde i lotteriet, selv om jeg aldrig har prøvet det.

Hvorfor spænder jeg ofte ben for mig selv? Hvorfor skal jeg altid synes, det er så svært, at jeg ikke kan finde ud af det?

Min stædighed driver mig, og får mig til at løse de fleste problemer. Men hvorfor skal det være så hårdt?

Ofte har jeg oplevet, at jeg kan lave næsten alt, hvis jeg beslutter mig for det. "Nu skal det være" – "Jeg kan godt" – "Hvis jeg tror, jeg kan, så kan jeg". Og så lykkes det.

Nu er tiden kommet til, at jeg skal lave en podcast. Først 3 optagelser med livshistorier for ældre i forhold til et projekt, jeg har.

Men bagefter en månedlig podcast med fantasirejser, trolde og små cancersoldater ud fra den teknik, jeg er så glad for. "Tankens kraft med fantasiens hjælp". Det glæder jeg mig til.

Hvad er der galt? Er det en bunden opgave med livshistorier, der spænder ben for min motivation og dermed min mulighed for at finde ud af at gøre det, jeg har lyst til?

Hm…

Det skal nok lykkes, som alt det andet, jeg troede, jeg ikke kunne.

Lone Rytsel

Corona-gæsten kom på besøg

Vi bød den ikke velkommen

Vi lukkede den ude

Vi lukkede grænserne

Vi isolerede os selv og hinanden

Vi oplevede en kvindelig statsminister træde i karakter

Vi så politikere, der var handlekraftige på tværs af partifarve

Vi hørte vores dronnings støttende tale til hele folket

Vi blev bange for os selv og andre

Vi kunne ikke lide corona-gæsten

Vi så de livstrætte og syge blive mere syge og dø

Men vi andre blev kreative

Vi fandt en anden livsstil

Vi fandt andre måder at være sammen på – hver for sig

Vi lærte Zoom at kende

Vi fik nye sociale adfærdsmønstre

Vi overlever og lærer af det

Lone Rytsel

Mit livs vigtigste beslutning

Mit livs vigtigste beslutning var, da jeg valgte at gå i Tivoli den 1. maj 1963.

Jeg var en ung pige, der lige var blevet 18 år. En god barndom med nogle dejlige forældre, men også en tid med ensomhed og isolation i forhold til andre skolekammerater. Jeg havde aldrig haft en kæreste, og mit liv foregik mest på det lokale bibliotek, hvor jeg tilbragte meget af mit fritidsliv, bortset fra de timer, hvor jeg passede mit fritidsjob hos den lokale bager på hjørnet af Vibevej og Nattergalevej i Københavns Nordvestkvarter.

Jeg var genert, men ikke så meget, når jeg var på arbejde. Jeg elskede at have travlt sådan en lørdag eller søndag formiddag og bevise, at jeg kunne smile og være servicemindet og samtidig hurtigt betjene kunderne, der skulle hjem og nyde morgenkaffen. Faktisk kan jeg næsten dufte det nybagte brød og wienerbrød, når jeg tænker på det. En helt anden oplevelse end det brød, vi kan få i dag.

Og pludselig en dag, skete der noget, mens jeg var på arbejde. Der stod en flot marinesoldat og smilede til mig, mens han bestilte en stor pose wienerbrød. Det gentog sig flere gange, og jeg blev frygtelig genert, men begyndte at lede efter ham, når jeg gik mine egne små aftenture rundt i området.

Jeg tænkte, at han sikkert måtte bo i nærheden. Jeg tænkte ikke over, at han var i uniform og derfor måtte befinde sig på et skib. Det var en skuffelse, at jeg ikke mødte ham, men det var godt at have noget at drømme om.

Senere fandt jeg ud af, at han faktisk havde boet hele sin barndom på Nattergalevej og jeg på Skovduestien. Få minutter fra hinanden. Men han havde været ude at sejle de seneste mange år.

Jeg var startet som kontorelev i det offentlige 1. april, og fik min første månedsløn i slutningen af april, og selv om det ikke var meget, jeg fik som elev, mente jeg nok, at jeg kunne spendere en aften i Tivoli sammen med min veninde.

Og så skete det. Lige da vi kom ind af hovedindgangen, kommer der 2 marinesoldater lige imod os, og den ene var naturligvis den unge mand, der havde smilet flere gange til mig i bagerforretningen.

Og ja, så kendte vi jo ligesom hinanden.

Det blev starten på mit liv. Mit fantastiske liv. Hvor generthed bliver erstattet af mod, nysgerrighed, og eventyrlyst.

Men hvordan nåede jeg frem til at komme i Tivoli den 1. maj?

Jeg var glad for at gå i skole, elskede mine bøger og mine opgaver, og en meget samvittighedsfuld pige, der altid havde lavet mine lektier, og jeg pjækkede aldrig, men de sidste 2 år i folkeskolen var jeg syg i perioder, og især, når jeg nærmede mig eksamenstiden, og derfor sluttede min skolegang lige før min 18 års fødselsdag.

Jeg holdt faktisk meget af at gå til eksamen, Jeg havde altid en mærkelig fornemmelse af, at der kom en masse ord ud af min mund, som jeg ikke anede, at jeg havde. Jeg vidste ikke, hvad jeg vidste. Hvordan kan det dog lade sig gøre?

Jeg var ikke modig, men så meget op til hovedpersonerne i mine pigebøger. Fx Puk i Pukbøgerne, der altid var så kvik og modig. Helt i modsætning til mig. Jeg turde ikke noget, var bange for at falde, og bange for at blive til grin. Men husker jeg forkert?

Jeg meldte mig jo til skolekoret og havde også haft mod til at ønske at synge solo til juleafslutningen. Men jeg var nok for selvudslettende og usynlig, så det blev ikke mig.

Og her var så en flot marinesoldat, der smilede til mig, og fik mig til føle mig meget synlig. Han så mig, han smilede til mig, og han ville mig.

Det var den vigtigste dag i mit liv. For nu startede det liv, der førte frem til at køre taxa i København og derfra tage en ny uddannelse og senere at oprette flere virksomheder, og sidder nu som 75årig med en nystartet folkeoplysende aftenskole og føler mig som ung igen, fordi alt er muligt, og jeg næsten kan gøre alt, hvad jeg har lyst til. Jeg er folkepensionist og kan arbejde så meget eller så lidt, som jeg har lyst til.

Det har kun kunnet lade sig gøre, fordi min mand – min tidligere uniformerede marinesoldat - har troet på mig og støttet mig hele vejen igennem, når jeg fik nye ideer. Han accepterede mig, som jeg var. Han gav mig al den plads, jeg behøvede. Han blev mit livs kærlighed, og er det stadig.

Opskriften på et godt forhold, er respekt for hinanden, accept af virkeligheden og plads til hinanden.

Så derfor var det den vigtigste beslutning i mit liv, da jeg tog i Tivoli – den 1. maj 1963, hvor jeg mødte en flot marinesoldat.

Lone Rytsel

Eventyr og Julehistorier

Lille trold

Lille trold er så ulykkelig. Altid skal han arbejde. Aldrig kan han gøre noget godt nok.

Kun skænd får han, mens hans to brødre, der er både større og stærkere end ham, kan ligge og dase dagen lang, og nu skal hans ældste bror have hans værelse.

Lille trold har tigget og bedt, men lige meget har det hjulpet, han har bare at flytte i svinestien, hvor alting lugter så fælt, hvor alting er så snavset. Hans mor har skældt ham ud og sagt, at han skal være taknemmelig for, at han har et sted at være, doven som han er. Men lige nu tænkte han kun på at dø.

"Hvad græder du for lille ven?" spørger en stemme.
Der er så svag, at han tror, han drømmer.
"Hvad græder du for lille ven?" spørger stemmen igen.

Foran ham står et væsen, smuk som morgensolen, og ser på ham.

Han er så betuttet, at han næsten glemmer at trække vejret. "Jeg er så ked af det," siger han sørgmodigt, "for ingen regner mig for noget, og nu skal jeg bo her i svinestien," græder han, mens tårerne løber ned ad kinderne på ham.

"Så, så," siger det smukke væsen, "tør du dine øjne, du er meget mere værd, end du selv tror, ja hundrede fold mere værd, men måske kan jeg hjælpe dig."

"Hvordan skulle det gå til, hulker han, der er ingen, der kan hjælpe mig. Jeg arbejder fra solen står op, og til den går ned, dag ud og dag ind, år ud og år ind, men ingenting gør jeg godt nok, og nu skal min bror have mit værelse. Og min mor siger, at jeg skal være glad for at have et sted at være, doven som jeg er."

"Så, så lille ven, hvis det ikke er værre end det, kan jeg helt sikkert hjælpe dig. Men sig mig først, kunne du have lyst til at bo ved søen ved de blå bjerge, se solen stå op, og stjernerne stråle om kap med månen?"

"Om jeg kunne," råber lille trold, "om jeg kunne! Men, hvordan skulle det gå til?" spørger han bedrøvet.
"Nu ikke så trist," siger feen, for det er nemlig en fe, der står foran ham, "blot skal du gøre, som jeg siger."
"Jeg vil gøre alt, hvad du siger," snøfter han, og tørrer sig om næsen.

"Så saml alt, hvad du ejer i din rygsæk, og når du har gjort det, så gå ud af porten, men pas på ingen ser dig, og du må ikke på noget tidspunkt se dig tilbage uanset, hvad du hører og ser."

Og snart er han på vej, med knortekæppen i hånden og rygsækken på ryggen.

Han er ikke kommet mange meter væk, før en brusende lyd rammer hans øre, og varmen skyller ind over ham. Men han husker, hvad feen har sagt.

Han går, næsten løber gennem krat og hegn, for at ingen skal se ham, og for at komme væk, men pludselig står en kæmpe trold foran ham.

"Nåh, så du tror, du bare kan stikke af, din dovne rad, men du kan tro nej!" brøler trolden, lige ind i hoved på ham, mens fråden står, som en grøn slimet stråle ud af munden på den.

Lufttrykket og det grønne slim, der rammer lille trold midt i panden, vælter ham omkuld. Men selvom han ved, at hans sidste time er kommet, rejser han sig for at gå videre. Men trolden er sur, den skriger og skriger, så fuglene falder ned fra træernes grene, imens den spænder ben for lille trold, der falder igen og igen.

Hvor mange gange han falder, og hvor lang tid, der går, det ved han ikke, for det er, som om tiden står stille, og det ingen ende vil tage, men pludselig, som ved et trylleslag, er trolden forsvundet.

Og foran ham står et væsen, så smuk som nattens stjerne.

"Tak for, at du reddede mit liv," siger han.

"Det var dig, der reddede mit," siger hun, "troldkællingen i bjerget, havde forvandlet mig til den stygge trold, du så før, da jeg var ude for at lede efter min søster og hendes lille søn, og der skulle en modig dreng, som dig til, for at hæve forbandelsen."

"Har jeg reddet dig?" spørger lille trold forundret, for han tror ikke sine egne øre, og modig, "du må tage fejl," fortsætter han," jeg er ikke modig."

"Det er du, meget modig endda," siger hun, "og, hvis du har tid og lyst, kan vi følges ad et stykke vej."

"Jeg har både tid og lyst, og det vil være mig en stor ære, at følges med dig," siger han glad, lykkelig over at have fået en at følges med.

Og de to venner fortsætter hen ad skovstien. Men som de går, bliver det et forrygende uvejr, ingen steder er der læ, det stormer, regner, sner og hagler. Men heldigvis har feen sin tryllestav, for en fe, det er det hun er, og ikke en dråbe rammer dem.

Og som med trolden, der pludselig forsvandt, forsvinder også uvejret.

"Tusind tak," siger lille trold, "det er anden gang i dag, nogen har reddet mit liv. Er der noget, jeg kan gøre til gengæld?"

"Du skal bare gøre, som jeg siger, så vil det gå dig godt. Men husk, du må ikke se dig tilbage. Om lidt vil jeg forlade dig, og måske ses vi igen. Hvis du fortsætter mod syd, vil du komme til hytten, ved den gamle mølle, der vil du finde dig en seng, og der kan du få noget at spise."

Hans hjerte jubler, da han fortsætter ad skovstien. Han går og går til solen går ned, og månen står op.

Går til hytten ved den gamle mølle, hvor en seng så blød, som den blødeste edderdun, og en gryde fyldt med den dejligste suppe, venter ham. Mæt og glad lægger han sig til at sove, og der går da heller ikke mange minutter, før han sover.

Men knapt er han faldet i søvn, før den største og styggeste trold står ved hytten.

Den er større og styggere end alle verdens trolde tilsammen, større end verdens største egetræ. Den er så stor og så stærk, at den med den ene hånd løfter taget af hytten, mens den med den anden vælter væggene, mens den puster til lille trolds seng, der flyver ud over de væltede vægge og lige ned i et kæmpe mudderhul af grønt slim, som trolden har fyldt med sneglespyt, hugorme og kattejammer.

Månen har for længst sagt godnat, ikke en hånd kan han se frem for sig.

Lille trold er så bange, at han glemmer at trække vejret, for han ved, at kun et mirakel kan redde ham. Men da han tror, at alt håb er ude, at han skal dø, skilles skyerne, månen står op, og i mudderhullet ved hans seng, der forsvinder som dug for solen, står tre feer, den ene smukkere end den anden.

Først kender han ikke sin mor. Men da han hører hendes stemme, ved han, at det er hende. "Mor, mor!" råber han.
"Så, så mit lille kloge, stærke barn," siger hun, og kysser ham. "Du er frelst, vi er frelst, vi er fri."

"Jamen mor," græder han, "hvordan?" Han forstår ikke noget...

"Så, så mit barn, jeg skal nok fortælle dig historien, men først skal vi hjem.

"Hjem mor! hjem," skriger han, "jeg vil ikke hjem, jeg vil ikke!"

"Vores hjem," siger hun, og kysser ham igen, "er huset ved søen ved de blå bjerge, hvor solen spejler sig, og stjernerne skinner som diamanter. " De to," siger hans mor, "er mine søstre, de har længe ledt efter os. Men først for nyligt har de fundet os. Det var et par dage før din bror, som ikke er din bror, skulle giftes. Din far er ikke din far, men en ond trold, der har holdt os fanget."

Og så fortæller hun, hvordan hun blev fanget af den onde trold, og ført til hans hus, som hans brud. Og, hvordan hun blev nødt til at forvandle lille trold og hende selv til trolde for at overleve.

I troldens hus var en anden fange, prinsen fra kongeriget bag de grønne skove. De blev forelskede, og hun blev gravid, men en morgen hun vågnede, var prinsen væk, hun så ham aldrig igen.

Mens de går, føler lille trold, at han svæver fra det ene sted smukkere end det andet.

Men intet sted er så smukt, som søen for foden af det blå bjerg, intet sted er solens spejlbillede så smukt, intet sted er morgenduggen så smuk, som der.

Og da han ser sit spejlbillede i søen, kan han ikke kende sig selv, troldhammen er væk. Han ser en prins, der stråler af lykke, en prins, der ligner både sin far og sin mor.

Hovmodig bliver han aldrig, for han har lært, at lykken ikke er noget, man får foræret.

Birthe Aela Faarvang

Julemanden og
varmeværksskorstensvirussen

Kapitel et

Julemanden så med triste øjne på sin kane, mens han tørrede næsen i en tot tvist, han havde hentet i kassen med kasserede bjælder.

Rustne meder og råddent træ var hvad der var tilbage af hans stolthed, hans hurtigflyverkane, der var og blev kaput, helt igennem kaput.

Alt var kaput, han selv var kaput. Han var bare en træt gammel julemand uden forstand på nogen verdens ting.

Havde han så bare haft sin tryllestav, selvom den ikke var meget værd, så havde den dog været bedre end ingenting, men den var og blev væk.

Jo mere han tænkte, jo mere trist til mode blev han. Og jo mere blev han overbevist om, at han aldrig skulle have været julemand, hvor havde han dog fået den tåbelige ide fra?

Han skulle have taget imod tilbuddet fra onklen i pakkeriet, så havde han ingen problemer haft. Så kunne han have gået stille og roligt, og klistret mærker på julegaverne i december, og fejet høvlspåner op i træskoafdelingen i november. Mens han glædede sig til ferien på Nordpolen.

Det var sådan, det skulle have været, men det var for sent nu, alt for sent.

Jo mere han tænkte, jo mere sikker blev han på, at det var bedst for alle og ikke mindst ham selv, at pension var den bedste løsning.

Men, hvad så med Rudolf, stakkels trofaste Rudolf, der lå i høet ude af stand til at stå på benene, Rudolf, der så ud til at kunne flyve til de evige rensdyrmarker når som helst.

Han kunne jo ikke bare overlade ham til andre, de havde trods alt fulgtes ad lige siden, han fik sin første kane.

Han kløede sig fortvivlet i skægget, der var næsten lige så gråt og strittende, som gamle Nisselines.

Havde han så bare haft sin gode appetit.

Aldrig i sine syvhundrede leveår havde han troet, at han kunne miste lysten til grød og smørklatter, for slet ikke at tale om julemors øl.

Mave havde han heller ingen af, den var næsten lige så flad som den fladeste pandekage.

Maven, der havde kunnet rumle så højt og så inderligt til sin egen og ungnissernes store fornøjelse, kunne han nu ikke få en lyd ud af, end ikke et lille bitte pip kunne han få frem, og det lige meget, hvor meget og hvor tit han forsøgte, den var og blev tavs.

Nu græd han, hylede som en nisseunge, hvis smørklat var blevet snuppet af drillenissen, da han skulle til at stoppe den i munden.

Han, den store stærke julemand, der for et år siden, kunne flyve til Nordpolen på mindre end et splitsekund i sin hurtigflyverkane.

Det hele var sket den gang de røg ind i den forbistrede skorsten på varmeværket, som de ikke havde kunnet se på grund af den værste snestorm i julemændenes historie.

Det var med nød og næppe de havde gennemført gaveuddelingen, havde det ikke været fordi, det var sidst på turen, havde de måttet vende om, for kanen var næsten smadret.

Og oven i det, så var både han og Rudolf blevet smittet med varmeværksskorstensvirussen, hvordan det var gået til, vidste han ikke, men smittet var de, og det i sådan en grad at de begge var ude af stand til at arbejde.

Kapitel to

"Sig mig engang, hvad står du og flæber for!" råbte en stemme, så ruderne klirrede. "så tag dig dog sammen knægt!"

Julemanden blev så chokeret, at han glemte at trække vejret.

"Heroppe dit gamle tudefjæs, heroppe på bjælken over dit hoved, så kig dog op, det kan du vel finde ud af!"

Og ganske rigtigt, på bjælken, lige over hans hoved, sad en lille meget gammel mand med et kæmpe skæg, i en ualmindelig gammel julemandsdragt og med en lige så ualmindelig gammel rød hue, trukket ned over ørerne.

Først troede julemanden ikke sine egne øjne, for den gamle lignede, ja det gjorde han, hans egen far, der var gået til de evige julemandsmarker for hundrede år siden.

"Øh, far, for det er vel dig?" fik han langt om længe fremstammet "Hvad, hvad laver du deroppe, og hvordan er du kommet her?"
"Selvfølgelig er det mig, det kan du vel se, hvad jeg laver heroppe, ser mig omkring, hvad ellers. Men sig mig, hvorfor står du og snøfter, tror du, at du er den første julemand, der har haft problemer?"

"Næh, nej," det tror jeg ikke, det ved jeg ikke," snøftede julemanden, og tørrede næsen i sit ærme.
"Så tag dig dog sammen knægt og vis dig, som en julemand og ikke, som en hylenisse."
"Det vil jeg også gerne, men jeg ved ikke mine levende råd, min kane dur ikke, Rudolf kan gå til de evige rensdyrmarker når som helst, og min tryllestav er væk."

"De småproblemer er vel ikke værre end de kan løses."

"Jeg ved det ikke," sukkede julemanden trist, og hev sig i skægget, "jeg ved det ikke."

"Du ser mig også noget bleg ud, er du syg?"

"Jeg ved det ikke."

"Ved du det ikke, du må da vide, om du er syg?"

"Jeg ved det ikke, jeg ved det virkelig ikke. Men jeg tror, at både Rudolf og jeg har fået en varmeværksskorstensvirus, selv om lægen siger det er noget sludder. Men vi har haft det så dårligt lige siden vi fløj ind i den forbistrede skorsten."

"Den virus har jeg aldrig før hørt om, men det er måske fordi, der ikke var noget varmeværk, da jeg var julemand? Men sådan en virus kan vel gå over..."

"Jeg ved det ikke far."

Kapitel tre

"Det er ikke meget du ved. Jeg tror nu snarere, at det er fordi julemor ikke sørger for at give dig smørklatter nok på din morgen- og aftengrød, selvom jeg ellers nok skulle mene, at du er gift med verdens bedste julemor. Og hvad har du gjort ved dit skæg? Ikke nok med at du tuder, som en anden hylenisse. Du ligner også en gammel nissekone med de grå tjavser, og maven, hvad har du gjort ved din mave?"

"Det er ikke julemors skyld," klynkede julemanden. "Det er det ikke. Det er efter, at vi fløj ind i den forbistrede skorsten, at jeg mistede både min appetit, min mave og mit skæg."

"Ja, ja, det kunne jo, godt tyde på en alvorlig varmeværksskorstensvirus, selvom jeg ikke kender til den sygdom.

Men noget ved jeg, ingen appetit, det er der ikke noget, der hedder, julemænd har altid appetit, så du har bare at få den tilbage.

Har du prøvet at stå på hoved, det plejer at hjælpe?"

"Ja, i en hel uge gjorde jeg næsten ikke andet, men lige meget hjalp det. Jeg har også løbet otte gange rundt om den gamle eg og krøbet igennem rævegraven, men ingenting hjælper."

"Hm, ja, det ser godt nok slemt ud. Men vent nu lige lidt, hvordan er det nu med det? Hvor var det nu jeg gjorde af den? Lad mig nu se, det er ikke i den lomme, og heller ikke den. Nej, ved min gode julefe, nu forstår jeg, hvorfor bjælken er så hård. Jeg gamle fjols sidder jo, på den!"

"Hvad gør du far! råbte julemanden. Sæt dig dog ned, synes du ikke, vi har ulykker nok?"

"Rolig, sønnike, rolig nu, man er vel ikke et gammelt julemands-spøgelse for ingenting," grinede den gamle julemand. Der, som den naturligste ting i verden, svævede rundt oppe under loftet, i færd med at hive en flaske med noget brunligt væske op af noget, der lignede en baglomme.

"Det er den forkerte," mumlede han for sig selv, og stoppede den tilbage. "Det forstår jeg ikke, hvor kan den så være? Jeg tror, jeg kommer ned til dig."

Julemanden, hvis sidste rest af mave næsten var suget om på ryggen af skræk, sukkede lettet.

"Selvfølgelig, selvfølgelig, det var der, nu ved jeg det."
"Hvad leder du efter?"
"Den her, sagde hans far, hev huen af og trak en flaske ud af sit højre øre, denne her appetitvækkereliksir.
Kapitel fire

Den kan i hvert fald hjælpe på din appetit, så må vi se om den ikke også kan kurere din, den, hvad var det nu den hed den virus."

”Varmeværksskorstensvirus.”

”Nu ikke så meget snak, se så at få det ned!”

”Ja, far skal nok,” snøftede julemanden, skruede proppen af flasken, satte den for munden og drak, godt smagte det ikke, faktisk var det, det værste han nogen sinde i sine syv hundrede leveår havde smagt, men ned skulle det, og ned kom det, for han turde ikke andet, når hans far havde befalet det.

”Nu ikke mere jammer med dig. Nu går du ind til julemor! Og så sørger du for at få spist dig en ordentlig portion grød, en julemandsportion, med rigelige smørklatter, har du forstået!”

”Ja, far.”

”Det håber jeg så sandelig også, for så elendig, som du ser ud, er det til at få en helt og aldeles, ualmindelig, forfærdelig kæmpejulemavekrampevirus af at se på. Har du forstået!”

”Ja, far.”

”Og hold så op med det flæberi!”

”Ja, far!”

Julemor, der havde prøvet ikke så lidt i det forløbende år, for at få ham til at spise, fik ikke mindre end et chok.

Hun troede næsten ikke sine egne ører, da han bad hende fylde husets største grødfad med grød, og dække det med smørklatter.

Og som om det ikke i sig selv var overraskende, så bad han om en portion mere, og før hun fik set sig om, havde han tømt gryden.

Da han havde slugt den sidste skefuld, klappede han sig på maven, mens han med en kæmpe julemandsbøvs, takkede hende for maden, rejste sig fra bænken, gav hende et smækkys lige midt på munden, og forsvandt over i laden.

Så snart han havde lukket døren efter sig, gav julemor sig til at røre dej til æbleskiver, for nu skulle der festes.

Da julemanden mæt og glad igen stod i laden, sad hans far og et andet gammelt julemandsspøgelse, der til forveksling lignede hans farfar, allerede på bjælken, og ventede på ham.

”Nå, hvordan gik det så? spurgte hans far. ”Fik du så fyldt noget indenbords?”
”Om jeg gjorde,” jublede julemanden, ”jeg tømte grødgryden.”

"Godt, det var det første problem, og måske det største. Men som du kan se, har jeg taget din farfar med, og han har fundet din tryllestav."

"Min tryllestav?"

"Ja, din tryllestav, hvis du havde set ordentlig efter i din sæk, så havde du fundet den for længe siden. Der er ikke meget fut i den, men nu har du den, og den kan godt bruges lidt endnu."

Julemanden smilede, så han var ved at revne, mens han takkede, sin far og sin farfar, der lovede at komme igen næste dag med en ny tryllestav til ham.

Så snart de var taget afsted, gik julemanden hen for at se til Rudolf, der til hans store glæde var vågen.

Med fornyet energi hev han kanen ud på gulvet, og vendte bunden i vejret på den, godt så den ikke ud, men med lidt trylleri og lidt pudsecreme, så kunne den bruges til han fik anskaffet sig en ny.

Men hvad var det, der lugtede af, jo, det var helt sikkert æbleskiver. Og var der noget julemanden var vild med, udover julemor og risengrød, så var det æbleskiver.

Han blev så glad, at han gav sig til at danse rundt i laden, mens han tog sig til skægget.

Men hvad var nu det? Det føltes anderledes, det føltes næsten, ja, næsten ligesom før de fløj ind i varmeværksskorstenen. Han prøvede igen, jo den var vist god nok, men hvordan var det gået til.

Han fiskede sit gamle spejl op af skuffen og tørrede det af i ærmet.

"Ho, ho, ho," hans skæg var vokset, ho, ho, det var ikke længere et gammelkonenisseskæg, det var hans eget hvide skæg, ikke så stort og så langt, men alligevel. Det måtte være den skrækkelige eliksir.

Og Rudolf, stod han ikke der på alle fire ben, og gumlede på en tot hø, mens hans næse lyste, så det var en hel fornøjelse. Det var det rene julemagi.

"Ho, ho, ho," grinede julemanden, så det kunne høres flere kilometer væk.

Julemor blev så forskrækket, at hun tabte æbleskivepanden ned i dejen.

Skidt, tænkte hun og løb over til laden.

Her fandt hun sin mand stående, med spejlet i hånden, grinende over hele ansigtet. "Ho, ho, ho." Mens han kiggede på sit skæg, der voksede og voksede, til det næsten nåede gulvet, og maven, der gjorde det samme, mens den hoppede op og ned som en gummibold, og Rudolf, der stod og gumlede på en tot hø med en næse rødere end rød.

Nu vidste hun, at julen var reddet, at alt igen var som før.
"Tak farfar og tak oldefar," hviskede hun.

Birthe Aela Faarvang

Morten Sparegris

Kun fjorten dage til juleaften

Solen skinnede, froststjernerne glimtede i træer og buske.

Nisser og engle fløj, lå og sad, Sine havde, som sædvanligt pyntet op til jul.

Men Morten Sparegris var ikke i julehumør, hans slukne mave rystede, for turen var kommet til ham. Og Morten vidste, hvad der ventede ham.

Han havde set det mere end en gang, set hvordan selv den stærkeste og stolteste af hans venner var bukket under for den hårdtslående tingest, den tingest de kaldte hammeren, værst var det dog gået ud over hans elskede Maren.

Morten havde grædt og grædt, da hun lå i stumper og stykker på spisebordet, og nu var det altså hans tur. Der var ingen tvivl, han havde selv hørt Thomas sige det til Sine i aftes.

Når det ikke kunne være anderledes, så kunne han lige så godt give Morten en med hammeren. Han så ingen grund til, at have en sparegris, når han ikke havde noget at komme i maven på den. Men

Thomas var også ked af det, for han havde sagt til Sine, han ville komme til at savne Morten, men han havde bestemt sig.

Og Morten vidste, når Thomas havde bestemt sig, så stod det ikke til at ændre. Han havde altid været en stædig rad, det vidste Morten, for det havde han hørt Thomas' mor og Sine sige til ham mere end en gang.

Morten forstod ikke, hvor Thomas havde fået den dumme ide fra. Det var jo ikke første gang, at Mortens mave havde været slunken, at Thomas ingen penge havde. De havde dog trods alt klaret det alle de andre gange, brugt fantasien som Thomas' mor så tit havde sagt til ham, han skulle. Men denne gang havde han altså glemt at bruge fantasien, og det skulle så gå ud over ham, Morten.

Morten syntes, det var slemt nok med kniven, når Thomas ville have fat i den allersidste krone, der havde gemt sig dybt inde i hans mave, men hammeren, den allerværste af alt i hele verden.

De to havde ellers været uadskillelige, hinandens bedste venner i tredive år, lige siden den jul, hvor Thomas fyldte fem år. Hvordan kunne han nænne det, hvordan kunne han skille sig af med sin bedste ven? Morten forstod det ikke.

Var det måske ikke ham Morten, der havde sørget for, at Thomas og Sine lærte hinanden at kende? Var det måske ikke ham og Maren, der havde sørget for, at de havde haft råd til prinsessebrylluppet som Sine ønskede sig allermest i hele verden? Var det måske ikke ham og Maren, der havde sørget for, at der var penge til det nye hus?

Men hammeren, det var altså takken for deres lange og tro tjeneste.

Morten forstod ikke, hvordan Thomas kunne gøre det imod ham. Men han forstod heller ikke, hvordan Sine kunne få sig selv til, at bruge hammeren mod Maren.

Maren, den sødeste og smukkeste sparegrispige i hele verden, hvor han dog savnede hende.

Den søde Sine, der hvert år i al den tid de alle fire havde boet sammen, i det nye hus, havde givet både Maren og ham en ny sløjfe i julegave, hvordan kunne hun, ja, hvordan kunne hun? Han havde spurgt sig selv om det mange, mange gange siden det skete.

Døren til stuen gik op. Morten var ved at gå i stykker af bare skræk, sådan rystede han, da han fik øje på hammeren i Thomas' hånd.

Thomas så vild ud i øjnene, da han gik hen til ham, tog ham i hånden, og løftede hammeren.

I samme øjeblik ringede telefonen.

Thomas lagde hammeren på bordet, og tog telefonen.

"Hos Thomas og Sine, ja," sagde han, "klokken otte mandag morgen, farvel og på gensyn," sagde han og lagde røret.

"Jeg fik det, jeg fik det Sine!" råbte Thomas, "Jeg fik det, jeg skal starte på mandag! Julen, dagen og vi er reddet! "

Thomas så på Morten, der var vi heldige vi to, hvor kunne jeg dog få den tåbelige ide fra.

"Undskyld Morten," sagde han, og kyssede ham på trynen, "de par småpenge havde jo, hverken gjort fra eller til, og hvad skulle jeg dog have gjort uden dig."

Morten fik en ny sløjfe, en fin en af blå silke i julegave, og selv om han var glad for, at Thomas ikke havde brugt hammeren, og for sin nye sløjfe, så var han alligevel ikke rigtig glad, for han savnede Maren.

Jeg har en overraskelse til dig, havde Thomas hvisket ham i øret i morges, en overraskelse du slet ikke kan gætte dig til, mens han puttede alle sine tyvekroner i Mortens mave, der nu igen var lige så tyk, som en Morten Sparegris' mave skal være.

Overraskelsen var altså den nye silkesløjfe.

Men det kan nok være han og Sine kiggede, ja, de troede næsten ikke deres egne øjne, da Thomas hentede Maren frem fra skabet. Mortens mave hoppede af glæde, og Sine, hun begyndte at græde, da Thomas gav hende Maren.

Maren, var så smuk, så smuk. Ingen kunne se, at Sine havde slået hende med hammeren, det måtte være, ja det var julemagi, det var Morten et hundrede, nej to hundrede procent sikker på.

Det kan også nok være, at Morten og Maren spidsede ører, da Sine senere på aften, sagde til Thomas, til næste jul er der en mere, der skal have en sparegris.

Så blev det alligevel jul.

Birthe Aela Faarvang

Johannes jul og hendes gave til Bedstefar

Juletræets lys strålede i den hyggelige julepyntede stue, hele familien var bænket om bordet med den lækre julemad, med rødvin og sodavand, der var en speciel stemning, de levende lys, den dæmpede julemusik, den løsslupne snak og latteren, det medførte. Børnene der syntes det tog alt for lang tid at spise, der var jo andre ting på programmet, gaverne!!

Langt om længe var maden fortæret, familien havde danset omkring træet og sunget julesalmerne, som ingen kunne huske teksten til. Men det med teksterne betød ikke så meget, for nu skulle julegaverne pakkes ud, der var forventningens glød i øjnene på såvel børnene som de voksne, pakkerne vakte både glæde og skuffelse, men der var en sælsom stemning, som alle vistnok fornemmede, uden egentlig at være helt bevidste derom. Senere, alle var mætte og også lidt matte i koderne, børnene hyggede sig med deres gaver, de voksne havde sat sig med en kop kaffe og en likør, bedstefar havde sat sig i den store bløde stol, han sad bare og nød samværet med sine børn, svigerbørn, men ikke mindst sine børnebørn.

Men en sådan aften sammen med familien, julehyggen og roen, de store forventninger, der pludselig var blevet afløst af en mærkelig form for afslappethed, den gode julemad havde sat sit spor, børnenes forventningsspænding var blevet udløst, alle var rimeligt afslappede, juleaften havde opfyldt sin mission. Den lille Johanne var blevet træt og var kravlet op til Bedstefar i den bløde stol, pludselig sagde hun, bedstefar, havde I også et stort juletræ, da du var en lille dreng, fik du også mange julegaver.

Bedstefar fortalte den lille Johanne om sin barndoms jul, om de gaver der var så meget anderledes og ikke så mange af som hendes, han fortalte om sin barndom og sine forventninger til julen, men han fortalte også om grisen der blev slagtet og gav flæskesteg på bordet, uden at stegen havde været pakket ind i plastic, stegen der blev sendt hen til bageren, for at blive stegt i hans store ovn, han fortalte om rødvinen og sodavandene, der i virkeligheden var vand fra vandposten ude i gården, han fortalte lille Johanne om sin egen bedstefar og alle de minder han havde haft med ham, han fortalte og fortalte lige til Johanne var blevet træt og skulle i seng.

Da Johanne var kommet i seng, sad bedstefar stadig i den bløde stol, han havde lukket øjnene og sad med en vidunderlig følelse og en varm tanke for lille Johanne, for i virkeligheden, havde hun, uden at vide det, givet ham sit livs allerbedste julegave, da hun sagde; bedstefar havde i også et stort juletræ, da du var en lille dreng.!!

Bedstefar sad helt stille i egne tanker, da han hørte Johannes mor sige, far hvad talte du så meget med Johanne om, Bedstefar sagde, jeg fortalte bare om noget af det, som forældre har for travlt til at fortælle, og det enhver bedstefar bør fortælle sine børnebørn, jeg lærte hende om en lille sentens fra min egen slægtsbog; "hvis du ikke ved, hvor du kommer fra, hvordan skal du så vide, hvor du skal gå hen."

Bent Vifert Larsen

Haiku Julekalender

Første december

Grøden bæres ind
Der er kanel og sukker
der er smør i skål

Der er Juleøl
Der er nissefar og lys
Der er sang og smil

Anden december

Nissemor har travlt
Spand og klude hentes frem
Musene flygter

Kattene hvæser
Flytte sig hun kan tro, nej
Fløde kom misser

Tredje december

Nissefar har stress
Han går rundt på listefod
Grød med smørklat, nej!

Kun vand og sæbe
Ingen pibe, ak og ve
Stakkels nissefar

Fjerde december

Ræven lusker bort
Nissemor er Juleskør
Julebad fy, føj

Nissefar tar med
Han har fået mér end nok
Vand og sæbe føj

Femte december

Gløgg og øl er væk
Huer og træsko er væk
Nissefar snorker

Trækker torsk i land
Nissemor har fået nok
Finder stokken frem

Sjette december

Lad vær lillemor

Av, av kommer nu, skal nok!

Hold op lillemor!

Nissemor nynner

Katten og musen leger

Nissefar jamrer

Syvende december

Grydeskrubbedag

Nissefar sniger sig væk

Men den går ikke

Øllet er skummet

Grydeskrubbedag er slut

Alle er trætte

Ottende december

Der er øl i krus
Der er grød med smørklatter
Der er fred i hus

Der er juleklip
Og hjerter der slår i takt
Der er fællessang

Niende december

Rudolf glæder sig
Næsen stråler som en sol
Træet skal hentes

Nyt seletøj!
Rudolf hopper af glæde
Det er nu det sker

Tiende december

Hu, hej, hvor det går
Over stok og sten, hvad nu?
Et mudderhul, åh!

Nissefar skubber
Rudolf trækker og trækker
Slæden sidder fast

Ellevte december

Træk Rudolf træk til!
Gi den gas Rudolf, træk til!
Råber nissefar

Nissefar stønner
Rudolf vil hjem til stalden
Hjem til halm og hø

Tolvte december

Benene gør ondt
Rudolf trækker og trækker
Slæden gir sig ik

Halløj, ser man det
Her er vist brug for en ræv
Kom så tar vi fat

Trettende december

Nu, så skubber vi!
Hiv oh høj slæden er fri
Dagen er reddet

Træet er fældet
Det smukkeste i skoven
Så er det hjemad

Fjortende december

Alt ordnede sig
Nissefar smiler tilfreds
Nissemor venter

Sæt i gang Rudolf!
Rudolf løber og løber
Hjem til halm og hø

Femtende december

Hvor blír de dog af
Nissemor er urolig
Kigger på klokken

Hun forstår det ik
Sikke en larm, hvad sker der
Hun åbner døren

Sekstende december

Hvor har I været?
Blír tavs da hun ser træet
Skovens smukkeste træ

Endelig hjemme
Rudolf er træt meget træt
Halm og hø kalder

Syttende december

Nissemor hoster
julefeberen raser
julen står på spil

Troldene griner
Ingen jul, dumme nisser
Ha! Der fik vi jer

Attende december

Nissemor står op
Finder tryllestaven frem
Julen er reddet

Troldene er væk
Nissefar varmer gløggen
Nissemor er rask

Nittende december

Ræven lister rundt
Nissemor koger klejner
Nissefar ser på

Der dufter af jul
Julefluen på visit
Falder i gryden

Tyvende december

Klejnerne er kogt
Honninghjerterne bagt
Øllet er brygget

Dugen skal stryges
Det blír bare ved og ved
Hulker nissemor

Enogtyvende december

Huerne vaskes
Skørter og bukser lappes
Træskoene pudses

Hjerterne flettes
Julepynten efterses
Gaverne pakkes

Toogtyvende december

Det er badedag
Ræven klynker, nej, nej, åh!
Nissefar skriger
Tag jer dog sammen
Den ene gang om året
Siger nissemor

Treogtyvende december

Der er gløgg i glas
Nissefar pynter træet
Og tar sig en tår

Der er julefred
Nissemor synger julen ind
Mens hun dækker bord

Fireogtyvende december

Der er øl i krus
Der er grød og smørklatter
Sukker og kanel

Nissefar synger
Stjernen og Rudolf lyser
Nissemor sover

Birthe Aela Faarvang

Ældre fortæller historier

Et projekt, der er oprettet af DOF – Sandvig Folkeoplysning og Fortælleværksted `- og økonomisk støttet af Slots- og Kulturstyrelsen med det formål, at være med til at mindske ensomhed og mistrivsel samt forøge livskvaliteten blandt ældre, sårbare og udsatte grupper under Coronakrisen, og understøtte deltagelse i lokale idræts-, og kultur- og foreningsaktiviteter for de nævnte grupper i 2020.

Og konkret er formålet at synliggøre de ældres livshistorie ved hjælp af podcast og andre elektroniske medier.

Nogle af de medvirkende deltagere, er blevet interviewet på zoom, og enkelte ved fremmøde.

Ikke alle ønskede at være med til at få deres historie nedskrevet eller lagt ud på You Tube, men nød at kunne mødes med andre ældre og fortælle deres livshistorie.

Alle interview og beskrivelser af møderne er gennemført af Lone Rytsel, som projektleder.

Bent Vifert Larsen

Talte på zoom med den hidtil ældste deltager i livsfortællinger, som er født i 1937. Han fortalte så levende om sit liv i Jylland på landet. Mange søskende og både forældre og bedsteforældre i et lille hus, Han glædede sig så meget, da han skulle starte i skole, men det var i 1943, så tyskerne, der havde besat Danmark, skulle bruge skolen, så de små kom ikke i skole og måtte gå skuffet hjem. De større børn blev undervist i lærerens private bolig. Han var glad for at gå i skole, men kunne ikke finde ud af regning, så en dag lagde læreren en enkrone på katedret og kaldte lille Bent op til sig. "I morgen når du kommer og har øvet dig på 9-tabellen og kan den, er det din, men kan du ikke, skal du betale mig en krone." Det vidste Bent godt, at han ikke kunne få fra sine forældre, for det var mange penge, og de var husmænd og havde ikke meget at rutte med. Han kravlede op i et pengetræ, som de kaldte det og grublede over, hvad han kunne gøre.

Pludselig fik han en god ide. Han trak bare et tal fra, så kunne han godt klare 9-tabellen, og han vandt sin 1-krone og købte 100 Pinocchiokugler for alle pengene. Men hans manglende regneevner forfulgte ham hele livet og forhindrede ham i at komme i

Mellemskolen, som han ønskede. Han fik MG-minus, men skulle have MG-plus for at få lov.

En skolegang, der var så anderledes end i dag. Når klokken ringede, stillede børnene op på række, og stod helt stille indtil læreren sagde "Vær så god at gå ind". og toiletterne udenfor var små rum med et bræt og en spand under.

Der var ikke så meget fysisk afstraffelse, men man kunne komme i skammekrogen, og det var lige ved siden af den store kakkelovn, der blev fyret med tørv, og varmede og duftede så dejligt, så man kunne være fristet til at være "fræk", så man kom der op at stå.

Han fortalte også om kartoffelferien (i dag efterårsferien), hvor alle skolebørn fik fri for at samle kartofler. De gik bagefter de voksne og samlede de små kartofler op, der var tilbage og fik lov til at beholde dem selv.

Jopie Leopoldsdotter von Horn

Jeg havde en meget spændende samtale på zoom med en ældre dame, Jopie, der fortalte, at hun som 17-årig blev sendt til et engelsk gods, hvor hun skulle være et år. Det blev det nu ikke til. Men hun var glad for at have lært engelsk. Hun fik tildelt et værelse, der viste sig også at være beboet af mus, så hun ikke kunne være der. Så var der kun en meget stor riddersal tilbage, som hun kunne sove i, men den blev aldrig opvarmet, og da hun klagede over kulden, fik hun lov til at få en kande varm kakao med op, når hun gik i seng, og hun måtte købe en varmedunk for sin sparsomme løn. Men haven var spændende og træerne klippet på den specielle måde, en engelsk have blev i en periode. Hun fik kontakt med en ung mand, der var genert og tilbageholdende, men en dag blev hun inviteret til at besøge ham hos hans mor, som vist ikke var særlig begejstret over, at hendes søn havde fundet en dansk pige. De sad i en stor sofa i hver sin ende, mens moderen nedstirrede dem. Men da hun skulle overnatte der, fik den unge mand hvisket til hende, at hun skulle komme over til hans værelse, når hans mor sov. Og det gjorde hun. Hun listede forsigtigt hen ad den lange gang, og opdagede, at moderens værelsesdør stod åben, men hun syntes at sove, så hun gik listende videre og fandt den unge mands værelse, og kravlede ned til ham. Men der gik ikke mange minutter, så stod moderen der, og hun blev jaget tilbage til sit eget værelse. og sådan sluttede hendes ophold i England.

Den samme ældre dame, fortalte også om hendes oplevelser i skolen, som hun ikke brød sig særligt meget om. Hun fik en realeksamen og ville gerne have været videre til gymnasiet, men hendes karakterer var ikke høje nok. Hun fik MG-minus og det skulle være MG-plus. Hun brød sig ikke om håndarbejde og de underlige taftbluser, de skulle sy - som ingen ville gå med - og fik sin veninde til at sy for sig. Det blev naturligvis opdaget. Senere fandt pigerne nogle små dukker, som de lavede tøj til, og det kunne hun godt lide. Veninden ville vise dem til læreren, men hun kiggede på dem og sagde, at dem kunne hun ikke selv have lavet. Når hun i dansktimerne skulle skrive stil, spurgte hun, om hun måtte skrive dem som digte. Det måtte hun selv om, men hvis hun gjorde det, ville hun ikke kunne få karakter, men hun fortsatte med det, og selv om læreren ikke ville give karakter for dem, så blev de læst op i timerne. I dag skriver hun stadig nogle dejlige Haikudigte med nogle fantastiske billeder til.

En anden dag havde jeg en samtale ned Jopie

Hun er en kvinde på 84 år, der har haft og stadig har et fantastisk spændende liv. Hendes kreative arbejdsliv startede allerede som 4-årig. Hun boede hos sin mormor, da hendes mor arbejdede som korrespondent, fordi hun var blevet skilt og dengang var arbejdstiden ofte meget lang,

De boede tæt på Glyptoteket, og hendes mormor tog hende ofte med derned, hvor hun fik lov til at se på billederne, og når nogle af dem fangede hende, fik kun noget godt papir og farver og fik lov til at male, ud fra det, der havde inspireret hende.

Hun fortæller også om den store lejlighed, som hendes mormor boede i, hvor der var 2 etager, og en stor spisesal med en lang karnap ved vinduet, hvor der var nogle trin op, så der underneden var et rum, som hun betragtede som en scene, hvor hun spillede teater for sine dukker, som hun ellers ikke vidste, hvordan hun skulle lege med, og hun optrådte også, når der var gæster.

Hendes mormor interesserede sig for litteratur og da Jopie begyndte at skrive digte, roste hun dem ikke, som forældre og bedsteforældre ellers har for vane at gøre, men hun fortalte hende om versefødder og andre teknikker, og så blev hun rost for at gøre det rigtigt, og hun sendte hende i skole som 5-årig, selv om Jope syntes, det var lidt for tidligt.

Hun har også en morsom historie om hendes mormor, der elskede palmer og havde mange af dem i lejligheden, men nogle af dem var blevet så høje, at de ikke længere kunne være der, men så blev de flyttet til Glyptoteket og det blev til begyndelsen på Palmehaven.

Da hendes mor blev gift igen, flyttede de til Charlottenlund, men der var ingen piger at lege med, så Jopie legede med 4 drenge og havde bygget en hule i et træ i Bernstorffsparken, og da hendes lillesøster også skulle med, lærte hun at holde fingeren for munden, og sige sh… når parkbetjenten kom.

Hun fortsatte med at skrive digte, og en kammerats far trykte hendes digte og udgav dem senere, selv om hun ikke vidste det. En lille grøn bog med digte som 13-årig. Ganske flot.

I dag maler hun, og hver morgen har hun udvalgt et billede eller malet et nyt, som hun skriver haikudigte til og lægger på Facebook. Det får hende til at glæde sig til dagen, når hun vågner. Jeg kan anbefale at blive venner med hende på Facebook og nyde de farvestrålende billeder og digte, der følger med.

Hun har lige haft en udstilling i Helligåndskirken på Strøget og èn på vej i Hjørring og senere i Ballerup.

Hun startede sit erhvervsliv med en 2-årig pædagoguddannelse til fritidspædagog, og blev ansat lige efter til at rejse rundt i Gladsaxe kommune og undervise pædagogerne i at benytte dramatik i deres dagligdag.

Senere blev hun uddannet på Teaterskolen på instruktørlinjen, og manuskriptforfatterlinjen og senere Scenografi på Skolen for Brugskunst, og Klovneuddannelse i Paris og Scenografikursus i Krakov.

Da Tønder seminarium stadig eksisterede, fik hun lov til at oprette en dramalinje.

Hun fik også sit eget teater, hvor hun rejste rundt på bibliotekerne og underholdt, enten alene eller sammen med en af hendes elever fra den undervisning, hun selv havde.

Det stoppede desværre, da mange højskoler fik dramakurser og kunne tilbyde bibliotekerne nogle billigere kurser.

Jopie fik en opvækst med mange kreative interesser, og hun havde en oldemor, der blev mere end 100 år. Hun læste gerne højt for hende, og helst fra H.C Andersens eventyr, som de begge to elskede og oldemoren kunne fortælle, at hun havde kendt den berømte digter.

Da jeg spurgte om noget, der var ganske specielt for hende, fortalte hun om hendes 15 år i Sumatra i alle hendes sommerferier.

Et fantastisk sted, hun elskede at komme til, midt i urskoven og hun fik mulighed for, at der blev bygget hendes helt eget hus, som hun selv havde tegnet. Godt nok ikke helt som hun havde forventet, men hun elskede det, og hun fortalte om de små orangotanger, der blev samlet i et rehabiliteringscenter, fordi regeringen havde forbudt folk at beholde dem som kæledyr, så der blev oprettet en vuggestue en børnehave og en skole til dem, hvor de til sidst lærte at klare sig selv.

En vinter gik det galt og hun valgte ikke at komme der længere. Hun havde fået venner i landsbyen på den anden side af floden, og hun havde lært sig deres sprog. Men en dag var der en mand, der havde opdaget, at han kunne tjene penge på at fælde træer og bringe dem til Europa, Men træernes veje ned gennem floden blev stoppet af klipperne neden for Jopies hus, og der kom en kæmpe flodbølge, der oversvømmede landsbyen og alle, der var hjemme den dag døde. Så kunne hun ikke komme der længere.

Men i en alder af 84 år har Jopie stadig et spændende liv. Hun kommer i Rosengårdscentret, hvor hun fik lov til at undervise i at skrive Haikudigte, men på grund af Coronatidens nedlukning, gik der så lang tid, at mange af de, der kommer der, er blevet så senile, at det ikke er muligt, men hun overvejer at tale med dem om deres livshistorie og måske derfra selv skrive nogle Haikudigte ud fra det, de husker og fortæller.

Annelise Jarvig-Hansen

En anden dag talte jeg på zoom med en ældre dame, som fortalte hvad hendes kloge Gudmor havde betydet for hendes opvækst, kulturelle opdragelse og holdninger og normer. På trods af, at hun voksede op i efterkrigstiden og født under besættelsen, fik hun lov til at gå til ballet, kom i teater og fik andre kulturelle oplevelser. Hun startede sit liv i Lyngby i et stort hus, hvor familien måtte leje 1. sal ud til en fremmed familie, fordi der var boligmangel, og de, der havde plads, skulle give plads til dem, der ikke havde et sted at bo.

Hun fortalte også, at hendes forældre havde en grønthandlerforretning, så de altid havde mad nok, især fordi hendes far havde en aftale med slagteren ved siden af, så han fik grøntsager og de fik kød.

Anneliss mor havde en positiv livsindstilling, som Annelise arvede og havde stor glæde af resten af livet.

Annelise Jarvig Hansen

En anden dag fortsatte jeg med at tale med Annelise, som fortæller om en god opvækst med masser af kunst og kultur men Ikke så mange penge. Hendes far var grønthandler, men de tog tæring efter næring og brugte aldrig den sidste krone. Til gengæld var det en stor familie – 11 mostre og 7 tanter, og de sang og dansede. Hendes far og mor samlede på kunst og hendes gudmor var selv meget kunstnerisk og rejste verden rundt, og selv om Annelise ikke kom med på hendes rejser, så åbnede hun mentalt verden for den lille piges verden. Og Annelise blev inspireret af hende, og hendes forældres bog om Verdens erobring, gav hende interesse for det globale allerede som barn.

Det forsatte hun som voksen. Hun rejste til England som Karolinepige og senere til Tyskland, hvor hun fandt sin mand, en amerikansk soldat, som hun fulgte med hjem til USA.

De blev gift efter 3 måneder, og da de begge var kunstnere, blev de uddannet på en meget berømt Kunstskole i Hollywood. Og udstillede mange forskellige steder. Blandt andet fik hun til opgave at dekorere en amerikansk politistation, og den blev beskrevet i pressen og i Danmark i Billedbladet, og da hendes mor blev interviewet sagde hun, at nu havde Annelise snydt hende, fordi hun havde altid sagt, at det barn aldrig gjorde noget færdigt.

Hun blev inviteret til den første kvindekonference i Mexico, og næste gang blev hun Danmarks koordinator for kunst og kultur, da konferencen kom til Danmark og blev afholdt på Glyptoteket.

Hun flyttede tilbage til Danmark og læste kunsthistorie og Filosofi på Universitetet. Og hun kom også til at dekorere Fuglebakkens børnehospital.

Hun levede af sin kunst og hendes egne kunstkurser, men sørgede for, at der altid var råd til at rejse verden rundt, så alt det hun mentalt forestillede sig, da hun var barn, oplevede hun nu som voksen.

Hun er i dag 76 år og er begyndt at tænke over livet fra efterkrigstiden til i dag. Hendes egen udvikling og verdens udvikling. Hun fortsætter sin interesse for den Globale udvikling, og mener, at vi kan leve lokalt, men tænke globalt. Hun har rejst i 35 forskellige lande.

Hun er i gang med at skrive sin livshistorie og har valgt at dele den op i perioder på 7 år.

Og hun kan se den udvikling, som især kvinder har undergået, fra den tid, hvor kvinder fik husholdningspenge til i dag, hvor kvinder er veluddannede og tjener deres egne penge.

Det har været let at samle erindringer sammen. Hun har alle sine skolebøger og skolehæfter og opgaver og en masse billeder. Hun var god til engelsk og havde en penneveninde i Peru allerede som 12-årig.

Når jeg spørger til den største glæde eller succes, hun har haft, svarer hun meget hurtigt, at det er hendes egen mentale holdning, som hun har fået fra hendes mor, som sagde til hende, at den største fødselsdagsgave, hun havde fået – var livet.

Hun skulle tage imod alle de muligheder, livet gav hende, men det var vigtigt, at hun ikke betalte livet for at deltage.

Så Annelise siger:

> Når det går godt, så træk besværet fra.
>
> Find det positive i livet.
>
> Du bestemmer selv over din tilværelse.
>
> Du er din egen chef.

Måske har du valgt forkert, men du har jo livet.

Og hun slutter af med at blive filosofisk. Hvad mon der sker, når kroppen ikke kan mere?

Mødes vi i Paradis eller i Helvede, eller noget helt andet i forhold til vores religion?

Vi blev enige om, at det emne ville vi tage op en anden gang.

En anonym mand

Jeg havde flere fysiske møder med en 77-årig mand, der ønsker at være anonym. Han er født i København i Nordvestkvarteret tæt på Nørrebro. Men siden flyttet til det sydlige Sjælland.

Jeg har talt med mange, der voksede op på landet og var en del af familien og familiens arbejde, men jeg havde også brug for at tale med èn, der boede i byen.

Nordvestkvarter – København N.V. var på den tid et pænt sted. Nogle små lejligheder, hvor mange af dem havde toilet inde i lejligheden, men ikke bad. Det foregik i køkkenet sammen med andre aktiviteter. Lejlighederne bestod for det meste kun af 2 værelser, og toilettet var lillebitte, men på trods af det, lykkedes det alligevel at renovere nogle af dem, så det lillebitte toilet fik en miniature håndvask med en bruser, og så var der pludselig et bad. Men det var ikke muligt at have særlig mange ting på det kombinerede toilet og bad, for alt blev gennemblødt, hvis man tog bad derude.

Det blev kaldt almennyttigt boligbyggeri til forskel for de mere kommunale ejendomme, der husede de børnerige familier, og så var der de private ejendomme, som lå rundt om i byen, men ikke i Nordvest, så vidt jeg har hørt om.

Der var også nogle lejligheder, der var en smule mere luksurøse. Stadig kun 2 værelser, men med både et lille køkken og et badeværelse, der heller ikke var så stort, men så var der en lille miniaturealtan og for nogles vedkommende en lille græsplæne af en have. Jeg tror ikke mange, der vokser op i dag, kan forestille sig, hvordan man kan lave mad og bo i så små kår. Der var ingen børn, som havde deres eget værelse. Hvis de var heldige, havde de måske en skuffe, der var deres egen til legetøj og dagbøger, hvis de havde sådan en, eller når det var rigtig stort, så en større hylde i et skab.

Men man legede heller ikke indendørs. Alt foregik udendørs eller måske i cykelkælderen eller tørrekælderen, som blev brugt flittigt til mange andre ting. Blandt andet familiefester som barnedåb og konfirmation, og hvis tørrekælderen ikke var stor eller ikke egnede sig til det, brugte man at tømme sin stue for møbler og tog dørene af og satte på bukke, så havde man nogle dejlige lange borde og lånte tallerkener og bestik af nabo eller andre familiemedlemmer. Næsten alle lejligheder havde også et loftsrum, hvor man kunne pakke vintertøjet ned om sommeren og omvendt. Klart, at der ikke var meget plads til tøj eller til møbler, men det havde man heller ikke meget af.

Sådan voksede den 77-årige mand op. En lille 2-værelses lejlighed med 2 voksne og 4 børn. Køjesenge til børnene og sammenklappelig sofa til forældrene. Sikkert en udmærket opvækst, for man kendte jo ikke til andet.

Der var ikke så mange penge, så børnene i byerne, måtte også hjælpe til. Mange af dem, jeg har talt med, er vokset op under besættelsen eller i årene efter, og de hjalp til med det, de kunne, og når de tjente penge skulle de fleste aflevere halvdelen til deres mor, der ofte styrede husholdningspengene.

Den 77-årige var heller ingen undtagelse. Han husker det ikke helt tydeligt, men han var nok ikke mere en 7-8 år, da han begyndte at hjælpe den lokale købmand med forskellige opgaver og især kørte ud til kunderne med de varer, de havde bestilt. Og senere mødte han også kl. 5 om morgenen for at bringe morgenaviserne ud til kunderne.

Men det at vokse op i så små omgivelser reddede nok hans liv. Han kom tidligt ud at sejle og på et tidspunkt, fik han valget imellem at komme ud og sejle med "Hans Hedtoft" til Grønland eller et ombygget træskib, "Sværdfisken" der skulle sejles til Grønland for at blive oplagt som rejefabrik. "Hans Hedtoft" var på sin jomfrurejse, og der havde været meget politik omkring at sejle til Grønland om vinteren, som de garvede kaptajner frarådede, men Grønlandsministeren beordrede dem af sted alligevel. Han var meget interesseret i at skulle sejle med et splinternyt skib, men han skulle dele kahyt med en anden, og på grund af, at han ville få sit eget kammer på "Sværdfisken", og da han aldrig havde prøvet det i sin opvækst, valgte han det, og det var et godt valg, for "Hans Hedtoft" gik ned med mand og mus, og det er aldrig blevet opklaret, hvad der skete.

Men tilbage til hans opvækst. Han var således tidligt oppe, inden han skulle i skole, og om eftermiddagen arbejdede han også, så det er svært at forestille sig, at der var tid og mulighed for at lave lektier, og han var ikke glad for skolen og gik et par år i samme klasse. Han kunne læse og var videbegærlig og læste, hvad han kunne komme i nærheden af, men han kunne ikke stave og var heller ikke så god til regning.

Når man så hører hans livshistorie, må man undre sig. Han sejlede som hovmester og stod for regnskab og indkøb til arbejdet som kok og bestilte varer på såvel engelsk som tysk og førte regnskab, selv om han ikke var så god til regning. Når han førte sit ølregnskab for besætningen, var han ikke så god til den lille tabel, men fandt hurtig ud af, at han jo blot kunne lægge tallene sammen i stedet for at gange.

1 øl 3 kr. - 2 øl – 3 + 3 = 6 kr. - 3 øl – 3 + 3 + 3 = 9 kr.

Jeg husker det fra min egen første erfaring hos en bager med morgenbrød, hvor chefen havde lavet en liste til os unge piger – på et stykke pap.

1 rundstykke 15 øre - 2 rundstykker 30 ører - 3 rundstykker 45 ører

4 rundstykker 60 ører - Osv.

Jeg kunne sagtens bruge den lille tabel, men der var ingen lomme-regner og intet kasseapparat, der selv regnede prisen ud, så når der også skulle sælges aviser, wienerbrød og smør og ost, og det skulle regnes ud i hovedet, gjorde det en stor forskel at få den hjælp med.

Men tilbage til den 77-åriges skolegang. Ikke nogen stor succes. Han fik at vide, at han var en slagsbror og skulle tage sig sammen med lektier, hvis han ville blive til noget. Tænker at det er anderledes i folkeskolen i dag, eller måske snarere, at det burde være anderledes. Men de fortællinger, jeg har hørt om ham, tyder på, at han havde en meget ønskværdig personlighed. Jeg har også talt med hans datter, og kan se meget af de samme karaktertræk hos hende, som hun må have arvet fra ham. Han havde en udtalt retfærdighedssans, stærk og modig, og beskyttede de svage og kæmpede mod uretfærdighed og en udtalt social ansvarlighed. Men det opdagede man aldrig i folkeskolen.

Han havde hurtigt kun et stærkt ønske om at komme ud at sejle. Måske påvirket af hans far, der sejlede som maskinmester og sikkert også, fordi han havde behov for plads og en vis udlængsel. Han troede, han skulle på dækket for at blive styrmand, men da han mødte op i Rederiforeningen for at få en søfartsbog, blev han testet for farveblindhed, og så var den mulighed borte. Han var farveblind, men anede det ikke. Han kunne komme ud som opvasker, kammerdreng og senere ungkok og kok og hovmester.

Som ganske ung sejlede han som opvasker på H.P. Prior, der sejlede mellem København og Århus/Ålborg og senere på langtur til Florida og Mellemøsten, og smagte hotdogs på en tid, hvor vi ikke kendte til det i Danmark.

Men tilbage til skolegangen. Hvordan kunne det komme til at gå så dårligt med en social bevidst dreng, der var videbegærlig og intelligent?

Han fortæller, at han var god til historie, bibelhistorie, biologi og Salmevers, der skulle kunne gengives udenad, men også tolkes. Men skolen lagde også dengang vægt på dansk og regning. Der var som sagt ikke mange bøger i hjemmet, men på det tidspunkt, var der små kort i kaffetilsætningspakkerne Richs og Danmark, noget man brugte til at supplere kaffebønnerne med, fordi de var rationeret og dyre i besættelsen og efterkrigstiden. Men de små kort kunne man samle og bytte med andre, og så fik man en bog, hvor man kunne sætte dem ind i, og der var mange spændende historier at læse på den måde. Og så var der OTA-bøgerne. Små bøger med spændende indhold og vist nok en gave i forhold til OTA-solgryn, havregryn, man stadig kan købe. Han husker især en bog, der hed "Jerntæppet".

På et tidspunkt får han lov til at komme på en slags koloni, måske en forløber for efterskolerne, hvor der kun var 15-16 børn og hvor børnene kunne gøre, hvad de havde lyst til, og så var det jo som om, han fik lyst til at være med. Men det foregik også på en helt anden måde. Der var meget natur, og der var sang og skuespil og han fik en eventyrbog af H.C. Andersen, for hans gode opførsel og udvikling.

Og hvad kom der så ud af den opvækst og elendige skolegang?

Han sejlede fra han var 15 år til 21 år og sluttede af med at aftjene sin værnepligt i marinen, og blev uddannet skibskok. Men så mødte han sit livs kærlighed og ville gerne arbejde i land. Det blev til nogle år som chauffør, senere buschauffør og turistbus og taxa og selvstændig vognmand, indtil han en dag, havde lyst til noget andet, så fik han en Rejselederuddannelse på 2 måneder, fordi det interesserede ham, men også for at få lidt tid til at finde ud af, hvad resten af livet skulle bruges til.

Og så gik hans liv i en helt anden retning. Gennemførte en 9. og 10. klasse og nogle HF-fag på et VUC-center (der dengang hed Forberedelseskurset). Blev uddannet specialundervisningslærer og leder under Fritidsloven og siden Folkeoplysningsloven og underviste voksne, der havde indlæringsvanskeligheder og havde behov for en anderledes undervisning, end den, de havde oplevet i folkeskolen. Og han sluttede den del af sit liv af med at være med til at oprette en skole for voksne, som han både var leder og lærer på, indtil han som 50-årig valgte at flytte på landet, købe og restaurere sommerhuse og leje dem ud. Han havde nogle gode håndværksmæssige egenskaber, som han aldrig fik brugt i sin ungdom, men som gjorde, at han som voksen var i stand til at bygge og udvikle mange spændende projekter.

En anden måde at få et godt liv på, men synd han i så mange år troede, at han var dum og doven, hvad han ingenlunde var.

Lillian B. Jansen

Jeg havde et zoom-møde med en kvinde med en meget spændende livshistorie, som startede på Amager, hvor hun boede lige overfor Sundholm, som dengang i tiden under og efter besættelsen var et sted for subsistensløse, som de blev kaldt dengang, og i dag giver plads for hjemløse. Hun fortæller, at de var ganske ufarlige at møde på gaden og de blev en del af hendes barndom.

Hendes mor er syg og dør, da hun er ganske ung, men hendes storesøster bliver en "storesøstermor og tager sig også af deres mor i den sidste sygeperiode. Lillian må dog efter et stykke tid anbringes på en speciel skole for børn, der havde problemer, da tabet af hendes mor tog hårdt på hende. Der kunne hun være i to år og hun fortæller, at det var godt for hende, og så voksede hun op hos sin far.

Hun klarer skolegangen fint, og elsker at gå i skole, og hun blev erklæret "boglig egnet" til hendes egen overraskelse og kunne fortsætte i Mellemskolen, selv om hendes storesøster og veninde blev overført til Fri mellem. Man skulle tro, at det bedste var at komme i Mellemskolen, men hun fortæller, at hendes storesøster siden blev sygeplejerske, så det var ikke en forhindring til at klare en uddannelse, og hun fortæller også, at hun ikke oplevede, det var flovt at blive vurderet "ikke boglig". Det var nærmest som en sortering, der bare skulle skabe pladser begge steder.

Hun blev uddannet i SAS, fandt en kæreste der, rejste meget rundt i verden. Endte med at flytte til Høje Tåstrup, hvor hun bor i dag, efter en skilsmisse, en ny mand og et barn, som hun ikke magtede at passe, så drengen kom til at være hos sin far. Men hun havde god kontakt med ham hver 14. dag og siden et ganske tæt forhold som voksen. Men hun oplevede sig selv som en "Ravnemor", som var en titel på en bog af Sussi Frastein og Lene Koch, og hun mente også, andre havde den samme opfattelse af hende. I dag er det ikke så usædvanligt, men det var det dengang i begyndelsen af 70`erne.

Hendes modstand i livet var hendes angst og klaustrofobi, som hun har kæmpet med hele livet og gjort det nødvendigt med mange timers terapi. Hun kunne ikke passe sit barn. Hun elskede ham, men magtede ham ikke, fordi hun selv havde det så dårligt, Men han fik en god opvækst hos sin far og hans nye kone.

Hvis hun skulle fortryde noget er det, at hun måtte give sin dreng fra sig, selv om hun godt ved, at hun ikke kunne andet. Det ville have være ansvarsløst ikke at gøre det. Men på trods af det, gav det hende skyldfølelse hele livet. Og hun føler sig forpligtet til at betale af på den gæld resten af livet.

Og de mange timers terapi har gjort hende til en succesfuld underviser. Hun forlod SAS, men fortsatte med kontorarbejde og deltidsarbejde som sekretær, og hun fortæller, at det var almindeligt, at kvinderne arbejdede uden for hjemmet i de år, men altid på deltid.

Det sidste sted, hun arbejdede som sekretær var hun i 23 år, indtil hun blev fyret pga. sygdom. Hun led meget af migræne, og chefen kunne derfor aldrig vide, om hun var på arbejde. Det var uholdbart for ham, men endte med at blive en succes for hende. For hendes kæreste, hun havde fundet samme sted, havde fundet en daghøjskole til hende, hvor hun fandt selvtillid og tro på, at hun kunne undervise, efter at have taget et voksenpædagogisk grundkursus, uddannet sig til Astrolog og med-bragt en stor personlig erfaring med terapi, samt en masse teori og uddannelse, så hun de sidste år på arbejdsmarkedet underviste voksne i personlig udvikling, blandt andet astrologi og akrylmaling, da hun også var blevet billedkunstner.

Som en lille kuriositet fortæller hun, at hun faktisk fik navneforandring, da det blev moderne at blive testet for "Numerologi", så hun hedder nu Leona, men kalder sig stadig Lillian.

Hendes budskab til ungdommen er:

Tag imod livet. Sig ja til livet. Måske begår du fejl. Det gør vi alle, men vi lærer af dem.

Janni Rytsel

En zoom-samtale med en pensioneret folkeskolelærer der for nylig er blevet 70 år. Hun fortæller, at siden hun og hendes mand er gået på pension, har de haft meget travlt, så Coronatiden måske næsten var en gave, fordi de kun havde kontakt med deres børn og børnebørn, så alle deres andre aktiviteter var sat på stand by.

Hun havde knapt forladt sit arbejde, før hun begyndte at arbejde frivilligt i ADHD foreningen og kræftens bekæmpelse, og da de først for få år siden har fået børnebørn, bruger de meget tid på dem.

Vi taler om, hvorvidt hun har fulgt sin fars og mors erhvervsretning, hvilket ikke er tilfældet, men deres interesse for fysisk aktivitet er gået i arv. Hendes mor var hjemmegående og hendes far maskinmester, men hendes mor dansede ballet, da hun var ung og hendes far dyrkede springgymnastik, og Janni havde idræt som fag i folkeskolen og deres børn har på samme måde "arvet" deres interesser. Den ældste søn er gymnasielærer med idræt og musik og den yngste motionerer med løb og begge drenge har musik, som fælles interesse sammen med deres far.

Vi taler om, hvad der holder et langt ægteskab sammen, hvilket ikke er så almindeligt i dag, som tidligere. Hun mener, at det er godt, at have hver sine interesser og alligevel noget sammen. Hendes mand har musikken og hun har idrætten og deres fælles interesse er fugle, som sammen med naturoplevelser, giver en stor fælles interesse.

Hun er vokset op i NV i København og fortæller levende om den forskel, der var dengang i forhold til i dag. Indkøb foregik i små specialbutikker, og der var en masse små barakbutikker på Vibevej, som nu alle er borte. Der var alle slags butikker:

Ost, Bager, Blomster, Købmand, Cykelsmed, Ismejeri, Sæbehus, Frisørsalon, Tobaksforretning, Viktualieforretning og i den anden ende en Farvehandler og et Apotek og så naturligvis et Bibliotek. Et miljø, der vist ikke findes mange steder mere. Hun fortæller, at man købte flødeskum hos bageren ved at komme ned med en skål og flæskestegen juleaften blev stegt i bagerens ovn. Der fandtes ikke køleskabe, men man havde isskabe, og man gik i Ismejeriet og købte en kvart stang is.

Hun blev ofte sendt i byen og oplevede, at alle kendte deres kunder og man snakkede sammen.

Hun fortæller om en opvækst i en to-værelses lejlighed med 4 børn, der sov i køjesenge og forældre i en sovesofa i stuen. De spiste i et lille køkken, hvor der var lavet nogle udtræksklapper, og hun sad på køkkenbordet med en lille skammel foran sig. Legetøjet blev opbevaret i en lille kurv til hver, da der ikke var plads til så meget i den lille lejlighed og sommertøjet kom på loftet om vinteren og omvendt. Tøjet blev vasket i kælderen i en stor gruekedel og Janni havde sit eget lille vaskebræt. Og i gården var der et tørrestativ og en bankeplads til de løse tæpper.

Hun var en del yngre end hendes 3 brødre og havde ikke mange legekammerater. Hun ville så gerne i børnehave, men det var ikke muligt. Hendes mor var hjemmegående og passede hende selv.

Derfor blev hun glad, da hun kunne komme i skole og hun kunne lide sin skolegang og kom i mellemskolen, da man delte børnene op i A og B klasser. Og hendes erhvervsvej gik via en kontoruddannelse i et bogforlag, senere Mødrehjælpen, hvor hun fik interesse for børn, men ville gerne uddanne sig til socialrådgiver. Det krævede en HF-eksamen, som hun gennemførte og så viste det sig, at det var svært at blive optaget. Hun var en del af en større årgang, men så var der en mulighed for at blive folkeskolelærer, der havde samme begrænsning, men da hun havde været spejder i mange år, gav det hende nogle fordele og hun blev optaget og arbejdede i resten at hendes meget aktive erhvervsliv som både skolelærer og specialundervisningslærer.

Modsat sin mor ønskede hun ikke at blive hjemmegående, så hendes egne børn kom i børnehaven, som hun selv havde ønsket, men aldrig havde fået lov til.

Som barn oplevede hun "mangel på luft", så da det blev muligt købte hun og hendes mand et stort lyst hus med mange vinduer og højt til loftet og en stor dejlig have med mange muligheder.

Hun har et budskab til fremtiden, der er så meget anderledes end hendes opvækst og liv og med så megen stress.

Hun ønsker, at vi skal være mere nærværende, passe bedre på hinanden, bruge tid på fælles interesser og måske blive bedre til at prioritere vores tid, og ikke sige ja til alting. Hvad hun selv har lidt svært ved.

Lone Rytsel

Lidt fra min opvækst:

Jeg husker en gammel tante, der boede i en fantastisk lejlighed efter min mening. Vi er nu tilbage igen i 50'rne.

Lejligheden lå med en udsigt over Assistens kirkegård, og der var mange værelser. I min barndoms verden var det de fantastisk mange værelser, der vækkede min fantasi.

Måske har den kun været på 4-5 værelser, men for mig, der var vant til en 2-værelses lejlighed, der var nem og hurtig at overskue, var det en utrolig spændende verden med en lejlighed, der var fuld af kroge alle vegne og først af alt mulighed for at få sit eget værelse.

Der var bare den lille slange i paradiset.

Toilettet lå nede i gården. Det var ulækkert og uhygiejnisk og der var rotter, og jeg gik aldrig derned.

Og køkkenet. En stor jernvask. Sådan én er der måske ingen, der kender i dag, hvor den rustfrie vask er mest almindelig og nem at holde ren.

Tanken om at jernvasken også blev brugt til at klare natpottens indhold og bagefter brugt til madlavning, var ubærlig for mig, der trods alt havde en stor rustfri stålvask, der var så stor, at jeg som barn kunne sidde på køkkenbordet og blive badet indtil jeg var meget stor.

Ved at tænke over det, er jeg egentlig ikke sikker på, at det var særlig hygiejnisk at bade i køkkenvasken. Men det var muligheden, og trods alt bedre at have et lille toilet inde i lejligheden, end at skulle ned i baggården.

Omo bøger og Danmarks og Richs bøger. Ikke mange, der kender dem i dag. Jeg vil godt fortælle lidt om dem. De gav mig så mange oplevelser som barn. Først fik man nogle små kort, hver gang man købte kaffe tilsætning.

Man kunne så bytte billederne, hvis man havde for mange af hver slags eller manglede nogle.
Så skulle der arbejdes med at sætte dem i mapper, og det var en familieopgave, hvor man hjalp hinanden. Husk dengang, var der ingen TV – internet og andre ting til at tage tiden fra os. Vi havde tid til at være sammen som familie og gøre ting sammen.

Min egen yndlingsbog var Askepot. Men også en mappe med små dyrefabler holdt jeg meget af.

Min far var det varmeste og dejlige menneske, jeg nogensinde har kendt. Dog ikke helt så eftergivende som min farmor. Han var sød og varm og dejlig, men kunne godt sige fra.

En af hans brødre havde healende hænder i en tidsalder, hvor man ikke talte så meget om healing og alternativ behandling. Hvis nogen var syg eller havde hovedpine, lagde han hænderne på dem og gik i trance og nogle gange faldt ham om. Meget skræmmende for os børn. Men det hjalp den, der havde smerter,

Min far fortalte mig, at min farmor var spiritist, og min farmor gik i templet hver søndag. Jeg ved ikke, hvor templet lå henne, eller hvad det gik ud på, men min farmor fortalte, at da min farfar døde, vidste hun, at de skulle mødes igen, og den tro gav hun videre til mig. Jeg stolede så meget på hende, at jeg er helt sikker på, at vi alle sammen skal mødes igen.

Jeg fik også fortalt, at ved min farfars begravelse, stillede min farmor sig op og holdt en tale til sin mand og sine børn. En kvinde med en styrke uden lige. Også på den måde var hun et forbillede for mig, men i modsætning til hende, så er jeg ikke helt så eftergivende og finder mig ikke i alt, men har ellers meget af hende i mig.

Man taler tit om arv kontra miljø, og hvad der betyder mest. Min farmor var ikke min biologiske farmor, men fik alligevel så stor betydning for mig, at jeg tror mere på miljø og påvirkning end arv.

Lone Rytsel

Jeg er projektleder, men også en kvinde på 75 år. Kan slet ikke forstå det. Sikker på, at det er en fejl på dåbsattesten. Som Tove Ditlevsen skrev: "Der bor en ung pige i mig, som ikke vil dø".

Sådan har jeg det også. Jeg føler mig ung, men har samtidig en livserfaring, der gør det nemt at være gammel. Der er ikke længere noget, der kan overraske mig, eller næsten ikke, og der er ikke længere noget, der kan forskrække mig eller skræmme mig, for jeg har prøvet det før, men på den anden side, så vil sygdom, død og savn stadig påvirke mig, er jeg sikker på. Men der er ikke længere nogle problemer eller udfordringer, der vil ødelægge min nattesøvn, for jeg har prøvet det hele før, og ved, at jeg vil kunne overleve det og finde en løsning, for jeg sidder jo lige her endnu.

Mit liv har været fantastisk og udfordrende. Jeg ville ikke have undværet noget af det. Håber blot jeg får lov til at blive mindst 100 år. Og naturligvis være rimelig sund og rask og med alle mine sanser i behold, selv om jeg hverken motionerer 3 gange om ugen eller spiser særligt sund og økologisk.

Men jeg træner min mentale sundhed. Jeg sover godt, jeg sørger for ny inspiration hver dag, jeg læser meget og jeg skriver meget. Og jeg holder meditation hver dag i mit badekar om morgenen. Jeg får ideer og de fleste fører jeg ud i livet. Jeg prøver at holde mig ung, og jeg føler mig ung.

Sådan har det nu ikke altid været.

Da jeg var 42 år gammel fik jeg brystcancer og tænkte. Ok – det var så det liv. Det har været langt og godt. Mine børn er næsten voksne, og de har en dejlig far. Er det slut, så er det slut. Indtil jeg efter operationen, tænkte: Det skal være løgn, jeg har ikke noget til gode, men jeg har lyst til at leve længere endnu. Så jeg ændrede lidt på min livsstil. Primært stoppede alt mit politiske arbejde og arbejdede udelukkende med vores egen virksomhed og gjorde alt hvad jeg kunne for at glemme den forfærdige sygdom – cancer.

I dag har jeg nok en anden holdning til den sygdom. Nu hvor jeg har haft den tættere på livet flere gange. Den er måske min ven, for den fortæller, at der er noget galt i min livsstil. Jeg skal bruge lidt tid til at tænke over, om jeg gør det, jeg har lyst til, og som er godt for mig.

Min opvækst var god men ensom i forhold til kammerater. Voksede op i efterkrigstiden og en økonomi, der ikke rakte til større udskejelser. Men vi sultede ikke og i arbejdsløshedsperioder tog vi imod julehjælp, selv om det føltes frygtelig ydmygende. Ganske anderledes i dag, hvor det er naturligt for mange at søge og modtage den hjælp, selv om de måske har det langt bedre, end vi havde. Men i dag måler man vist fattigdom i forhold til, hvad alle andre kan spise og gøre. Sådan var det ikke dengang. Vi vidste ikke, hvordan andre havde det, for man talte ikke om det. Mange år senere fortalte jeg en veninde fra skoletiden, at jeg følte mig anderledes, fordi jeg gik i hjemmesyet tøj, og hun svarede, at det forstod, hun da ikke, for det gjorde hun også. Forskellen var bare, at hendes tøj blev syet af en professionel syerske efter hendes mors anbefaling. Mit blev syet af min mor, og hun var dygtig til det. Tror noget af det første tøj, jeg købte i en butik var min brudekjole, der blev købt i Daells Varehus og min mor syede et underskørt, så den kom til at strutte, som det var moderne på det tidspunkt.

Min skolegang var god, fordi jeg elskede at gå i skole og lære noget nyt, og jeg var god til det. I de første klasser blev vi rangopdelt, og jeg husker jeg var nummer 3, hvis jeg husker rigtigt. Det var en ren pigeklasse indtil 5. klasse, så blev vi blandet med drengene, og jeg var genert og kunne slet ikke finde ud af det, og forelskede mig selvfølgelig i dem alle sammen, undtagen dem, der var anderledes end de andre, og det var dem, der "så" mig, og som jeg ikke var særlig interesserede i, og så alligevel lod mig nøjes med.

Gymnasiet blev en katastrofe på bare mindre end et år. Arbejderbarn blandt overklassebørn. Ganske usynlig. Lærte faktisk ingen at kende.

Forlod skolen efter et år, uden at sige farvel og ingen kontaktede mig for at høre, hvad der var sket.

Efterfølgende en offentlig administrativ uddannelse, der fagligt var interessant, og jeg nød opgaverne, men ikke mine kollegaer, der var 40 år ældre end jeg og i hjemmesyede sko og store hatte og røg cerutter. Efter at have prøvet nogle andre jobs af samme slags, lokkede min mand mig til at tage et erhvervskørekort for at køre taxa. For nu var jeg blevet gift og havde fået 2 børn. Det blev 5 dejlige år, hvor jeg stort set nød hver eneste dag, men også et udfordrende familieliv, for jeg arbejdede om dagen og min mand om aftenen, så vi så aldrig hinanden, og børnene så aldrig deres forældre samtidig. Det gik ikke. Vi tog på charterrejse og fandt hinanden igen, men så var det tid til forandring.

HF – på 2 år og en fantastisk tid. Jeg elskede undervisningen, selv om det også var en udfordring. 28 år og i gang med en ny uddannelse og 2 mindre børn. Men motivationen og glæden gjorde det muligt, så jeg kunne fortsætte på Universitetet, hvor jeg læste historie og dansk. Måske ikke det jeg ville have valgt i dag. Men var ganske uvidende om den akademiske verden, og skyndte mig også hurtigt at finde min rette hylde med en uddannelse som ordblindepædagog og sproglærer, så jeg kunne begynde at undervise voksne ordblinde og fremmedarbejdere/indvandrere, som kom til Danmark i den periode, hvor vi manglede arbejdskraft. En meget spændende periode, der fik mig til at starte selvstændig virksomhed og senere uddanne mig som life-coach og NLP-terapeut og en masse andre tilsvarende uddannelser, som er ført frem til at jeg i dag som 75-årig, kan føle mig som ung igen, fordi jeg kan undervise voksne på Forfatterskolen og Fortælleværkstedet, holde foredrag om personlig udvikling, primært Tankens kraft og Fantasiens mirakler. Coachsamtaler og skriver forskellige bøger for voksne, både til personlig udvikling, men også undervisningsmateriale til ordblinde og små letlæselige romaner for ordblinde og andre, der ikke magter store tykke romaner, men stadig kan lide at læse.

Og har nu fået lov til at møde andre ældre, høre deres historier og har haft mulighed for at dele dem via Zoommøder, Zoomfortællinger og fysisk fremmøde for de, der har haft mulighed for det. Begrænset af Corona, men fandt for det meste andre muligheder. Og inden denne bog udkommer, håber jeg der også vil være en Podcast om emnet.

Lillian (anonym)

En kvinde på mere end 70 år fortæller på zoom:

"Jeg har haft mange succeser i mit liv, men den største er, at jeg har været en gift mands elskerinde i 44 år uden at skade et ægteskab." indleder Lillian.

"Efter at have været gift 2 gange og begge gange været den, der afbrød forholdet, var jeg ikke i tvivl om, at jeg ikke egnede mig til at bo sammen med en mand." fortsætter hun.

"Men jeg havde alligevel brug for kærlighed og sex, og da muligheden viste sig, og jeg blev forelsket, og det samme gjorde han, så valgte vi denne udgave af et ægteskab." siger hun.

"Jeg tror, det er muligt at elske mere end én. Der er jo aldrig nogen, der har sat spørgsmålstegn ved, om vi kan elske barn nummer to og tre lige så højt som nummer et. " gentager hun flere gange.

Lillian fortsætter med at fortælle om et fantastisk liv med en mand, hun elsker højt, og som elsker hende, og deres fælles interesser i design, arkitektur og kunst har givet dem et indholdsrigt liv. De læser samme avis og diskuterer artiklerne, når de mødes, og Lillians interesse i astrologi deler han også, samt deres evner til at male fantastiske billeder. Og nu er der også TV-udsendelser med design/nye klassikere, som de sammen kan diskutere.

Det, der gør deres liv så specielt er, at manden fra starten af aldrig har sagt eller lovet, at han ville forlade sin kone. Hos hende havde han familien, børnene, børnebørnene og oldebørnene.

Det er ganske i modsætning til så mange andre af den slags fortællinger, hvor manden lover at forlade sin kone, men ofte ikke gør det.

Efter deres forhold havde varet i 4 år, valgte han at fortælle sin kone det, da han gerne ville have rene linjer, men hun magtede det ikke, og blev frygtelig ulykkelig, så han lovede hende, at han ville afbryde forholdet. Og Lillian fortæller, at hun ønskede det kunne være åbent, men bestemt heller ikke synes, at konen skal lide. Hun har jo ikke valgt det.

Men i dag har det varet endnu 40 år.

Jeg spurgte hende, hvordan de havde klaret at finde tid til at være sammen. Hun fortæller, at de hurtigt valgte nogle faste dage, og han tilmeldte sig forskellige kurser om arkitektur, som de kunne være fælles om. Ferierne var heller ikke noget problem, for han havde en karriere og et job som direktør for et stort firma, så havde mange forretningsrejser, og hun kunne komme med på dem, og de besøgte masser af spændende lande og dejlige steder i Danmark og spændende hoteller og samtidig kunne de besøge mange af de gode kunstgallerier, som Danmark har.

Lillian har en søn, som en dag, da han var blevet gammel, spurgte, om hun ikke ønskede kærestens kone snart døde, så de kunne komme til at bo sammen, men det var hun slet ikke interesseret i. Hendes lille lejlighed er hendes, og hun lever et rigt liv med et stort netværk uden for lejligheden. Og hun glæder sig, når kæresten kommer, men også når han går igen, så hun bad sønnen om endeligt ikke at ønske det for hende.

Det synes som en helt genial måde at have et forhold på. Hun får det bedste af ham, og han får det bedste af hende. De mange daglige udfordringer, som man får, når man bor sammen, bliver de aldrig udsat for.

Der er en myte om, at hvis en gift mand har en elskerinde, så skyldes det, at han har et dårligt ægteskab, men ifølge Lillian er det nok det modsatte. Der skal et godt ægteskab til at klare en elskerinde.

I disse tider, hvor der er kommet mange forskellige måder at leve sammen på, vil denne måde måske i fremtiden blive en god mulighed. Måske var Lillian bare lidt for tidligt ude?

Det eneste Lillian ville ønske kunne være anderledes, var, at det ikke behøvede at være skjult, at det kunne være et rent åbent forhold, som hun havde læst om i 80`rne. Blandt andet hos Johannes og Herdis Møllehave, Ritt Bjerregård og Susanne Brøgger.

Hun mener også, at det er nemt for hende at leve i sådan et forhold, fordi hun absolut ikke kender til følelsen af jalousi.

Forfatterskolen i Sandvig

Forfatterskolen har eksisteret i flere år.

Formålet er at give skriveglade voksne mulighed for at prøve deres evner til at skrive, men også blot til fornøjelse for dem selv og andre.

Vi mødes en gang om måneden og skriver sammen ud fra forskellige oplæg og skriver videre hjemme på opgaver eller egne manuskripter.

Nogle har udgivet bøger før, andre har været med i antologier og atter andre har aldrig udgivet og kommer måske aldrig til det, men nyder at være sammen med skrivende mennesker.

De fleste kursister er voksne modne mennesker.

Nogle enkelte af de bundne opgaver er trykt i denne bog. Blandt andet da emnet var:

"Den gik ikke Granberg"

Kursisterne fik 15 minutter til at skrive den, og det kom der mange forskellige udgaver ud af.

Men der er også andre spændende opgaver, som nogle af deltagerne har ønsket at få med i denne bog.

DEN GIK IKKE – GRANBERG

I mine yngre dage, det var dengang jeg levede mit liv på de store verdenshave, så en gang, hvor vi var kommet til en havn, var vi nogle gutter der havde fundet ind på en hyggelig lille bar – godt og vel.

Ja, vi havde det ganske hyggeligt i nogle timer, men på et tidspunkt skulle vi jo betale vores regning, en af gutterne sagde, den klarer jeg, hvorefter han forsøgte at betale med russiske Rubler.

Han prøvede at overbevise servitricen om, at de havde samme kurs som US-dollar, men den gode servitrice var ikke sådan at narre, hun kendte godt forskellen på de to valutaer.

Så, den gik ikke, Granberg.

Senere, da vi skulle tilbage til skibet, forsøgte han igen at betale taxaen med Rubler og igen måtte han konstatere.

Den gik ikke, Granberg.

Bent Vifert Larsen

DEN GÅR IKKE GRANBERG

"Den går ikke Granberg" lød det inde fra stuen af, hvor min mor sad.

"Hvad mener du mor?" Sagde jeg dybt overrasket over, at hun bag væggen kunne vide, jeg stod herude i gangen.

"Jeg er sikker på, du er ved at snige dig ud i køkkenet til julekagerne?"

Min mor havde en vis evne til at kigge om hjørnerne, uden jeg kunne gennemskue hvordan, og endnu engang var det lykkedes hende at opdage mig.

"Nej mor", fik jeg fremstønnet med den viden om, at hun også her ville gennemskue mig, hvis jeg kom med en løgn.

"Jeg er bare på vej ind til dig", sagde jeg, "For at høre om du har brug for min hjælp", nåede jeg at sige, idet jeg trådte ind af døren til stuen.

Det jeg ikke vidste var, at der i gangen hang et spejl, i den vinkel der passede, så mor i stuen lige nøjagtig kunne se min hårtop, da jeg listede mig igennem gangen og ud til køkkenet.

Mor smilede, kiggede på mig og sagde: "Hjælp? Jo, der er skam en masse, hvor Søren skal jeg da starte?"

"Vasketøjet, skovle sne ved postkassen, tømme opvaskeren."

"Ja" sagde jeg hurtigt, "Jeg tømmer opvaskeren."

Mor grinede, "Opvaskeren, den er god med dig Granberg, så er du jo tæt på julekagerne ik.?

"Nå pyt, tøm opvaskeren, nup 1 kage, inden du fjerner sneen ved postkassen, så snupper jeg vasketøjet, laver varm kakao til os, og så mødes vi i køkkenet ved julekagerne."

"Er det en aftale Granberg?"
"Jeps mor."

Mange år efter, fandt jeg ud af, at min mor ikke havde øjne i nakken, ej heller ikke kunne se om hjørnerne. Hun fik hjælp af vinduerne, spejlet og lyden fra mine skridt og gulvets knirken.

Lene Nielsen

DEN GÅR IKKE GRANBERG

Den går ikke Granberg - er blevet en talemåde i DK .... fra da ingeniør Granberg forsøgte at udvide vores allesammens verden med at flyve en luftballon og kom til at sidde fast på et tag. Det kom han godt nok til at høre for.

Her er min hyldest til Granberg:

At være visionær og forud for sin tid - at udvide grænserne for hvad vi kan - allesammen.
Sådan elsker jeg fortællingen om Granberg.
At turde gøre noget helt vildt, som ingen tror på - det er jo det som udvider vores fælles verden.

Jeg elsker Granbergs mod og entusiasme - og synes de skulle ha klappet og hujet af ham.
Alle de bedste borgerlige små-verdens-kloge-hoveder.

Granberg - du åbner nye veje for os alle sammen.
Her 150 år efter flyvning næsten mere normalt end at sejle.
Lige undtaget i Corona-tiden.

Granberg - her er en hyldest til dig og alle dine skæve visioner.

Du og Dine er med til at gøre verden til et sjovere og mere spændende sted.

Jeg hylder dig af hjertet, fordi du i mange år giver åbne vidder og luft omkring os.

Og jeg er selv sådan én, som bedst kan "li' åbne landskaber" - og hvor der stadig kan skabes rum og plads til alt det nye spændende. Og bare være på vej.

På vej - ud i verden - ud i livet....

Så: UD VIL JEG
       UD VIL JEG
Ud og åbne for mine tanker.
Ud vil jeg - og åbne for nye tanker. Nye forståelser. Nye begribelser.
Jeg vil finde mig selv - midt i et NYT VERDENSBILLEDE.
Midt i en NY tid i en NY VERDEN.
Hvor hjerte og hjerne lever og arbejder side om side.

Så - Jo Granberg.
Den GÅR

DET GÅR
    VI GÅR.

Og Lille Lise Let på tå er med - hun er sammen med Tommelise.

De har fundet en å med store Åkandeblade.

Her har de fået et smukt Tiny House på hver sit åkandeblad.

Og Mozart og Beethoven er reinkarneret og hygger sig med Å-Kande-Blues.

I bedste Lejrbålstil.

                                        Jetthe Juanitta Tengwen Damgård

Den går ikke Granberg

Han var frisk og lattermild.

Gik ikke af vejen for en god portion humor. Vittigheder af de samme slags, som han gentog ofte og selv var den første til at grine af. Smilet stivnede lige så hurtigt og latteren forstummede udi det tavse rum.

Lige så tavse og kolde hospitaler afløste kreative varme skulpturer støbt i bronze. Sådan var han. Kreativ og sjov. Kreativiteten førte ham som ungt menneske gennem en uddannelse som skulptør og en plads i fint selskab på Glyptotekets bonede blanke gulve. Varede kort.

Langt derfra med dvask, kølig legeme, så drengen ham kravle rundt på gulvet. Far ser slanger og hører stemmer i væggen. Eller samme person iklædt en hvid kittel på hospitalets gang med et lånt navneskilt.

"Velkommen frue, jeg er overlæge her på afdelingen, hvad kan jeg hjælpe med"?

Men den går ikke Granberg!

Sindets skizofrene sider stivner smilet. Sår smerte.

Den lille dreng er for længst blevet voksen. Smerterne har boret dybe sår. Smilet sjældent.

Granbergs eksperimenterende færd og min onkels kreative sider med humor og højt humør i de glade stunder er synonyme.

Min skæve onkel og hans skizofrene verden forpestede og invaliderede ham selv og hans omgivelser.

Himmel og helvede i synkront makkerskab.

Anne Holde

DEN GÅR IKKE GRANBERG

"Du skal ikke tro, du er noget"

Faren hev sin lille datter i armen.

"Så du troede, du kunne narre mig"

"Jeg bad dig om at blive på dit værelse"

"Hvorfor hører du aldrig efter?"

"Hvorfor gik du ud?"

Hans stemme steg højere og højere og larmede i den lille piges ører.

"Ja, men..."

Hun forsøgte at forklare sig.

"Du skal bare tie stille, når jeg taler"

Farens stemme buldrede af sted for højeste styrke.

"Har du ikke snart lært det?"

"Børn skal ses, men ikke høres"

"Du skal ikke svare mig imod"

"Du skal blive på dit værelse, når jeg siger det"

"Jamen ..."

Den lille pige prøvede igen at sige noget, men blev stoppet af et ordentligt klask på kinden.

"Når jeg siger, du skal blive på dit værelse, så bliver du der"

"Når jeg siger, at du ikke skal svare mig imod, så siger du ikke noget"

"Du skal ikke lyve for mig" "Du skal ikke komme med søforklaringer"

"Hvis du tror, du kan køre om hjørnerne med mig, så tager du fejl"

"Jeg siger bare: Den går ikke Granberg"

Den lille pige græd stille og lydløst, mens hun hviskede for sig selv.
"Jeg skulle jo bare tisse",

Lone Rytsel

Bent Vifert Larsen

Lidt om Corona og om at træffe de bedste valg.

Vi små mennesker skal jo dagligt træffe valg, der har stor betydning for den måde vores liv former sig på, nogen gange træffer man det rigtige valg, andre gange gør man ikke, det essentielle er jo i virkeligheden, at først en tid efter at man har valgt, ved man om det er rigtigt eller forkert og ved man det så i virkeligheden alligevel, selv et forkert valg, kan jo blive rigtigt, afhængigt af hvordan man håndterer sit valg og man finder jo aldrig ud af hvad et andet valg, ville have betydet.

Så er der jo de situationer, hvor man ikke selv beslutter sine valg, i hvert fald i første omgang, et eksempel på dette, er jo den igangværende Corona Pandemi, hvor vores regering med en dygtig og kompetent Statsminister i front har taget nogle stærke beslutninger for os alle, de fleste af os er vel enige om at betegne disse beslutninger som rettidig omhu, kun nogle ganske få har ikke evnen til at fatte alvoren.

Ingen er vel i tvivl om at Corona'en har en stor negativ betydning for vort samfund, både økonomisk og menneskeligt, hvor netop ens personlige valg kan have stor betydning også for andre mennesker.

Hvad har Corona'en så betydet for mig, temmelig meget, jeg føler mig meget alene i verden, selvvalgt selvfølgelig, jeg kunne jo bare, endnu, gå ud i samfundet, med den risiko det er, jeg har valgt at holde mig så meget for mig selv, også fordi min alder siger jeg tilhører den gruppe, der siges at være særlig udsat.

Hvad gør man så når det sociale liv bliver sat på vågeblus, jeg vælger at se positivt på det, tror fast på, at det er en periode, der skal gennemleves, så vil livet normalisere sig igen, så i stedet for at sidde med dystre tanker, vil jeg bruge tiden til at arbejde med min slægtsforskning og skrive videre på slægtens historie og få lidt styr på de mange familie og slægtsbilleder, attester, med videre, som jeg efterhånden har fået samlet sammen måske også hygge mig med alle jer skønne mennesker her i gruppen – på zoom- afstand. Og så giver det jo rig lejlighed til at læse en masse gode bøger.

Bent Vifert Larsen

Hvis din sang er nu - Hvad vil du synge!

Min sang er nu, derfor må jeg synge

en sang om blomster i min have

blandt blomsterne står en gynge

den har jeg fået som en gave

Min sang er her på gyngen

jeg ser på blomster og bier

hører fuglenes syngen

jeg bli'r så glad og tier

Min sang er nu, for det er livet

min sang hver dag jeg nyder

mærker livet, som er mig givet

om verden så koger eller syder

Bent Vifert Larsen

Corona er her

Corona er der

Corona er svær

For svage folk især.

Corona er her

Corona er der

Corona er alle vegne

Og svage folk må segne.

Bent Vifert Larsen

Ørnen

En solskinsdag i Sandvig skete der noget, jeg skulle til undervisning i forfatterskolen, jeg parkerede min bil i Lones have, hvor vi så hørte et par eventyr, medens vi drak kaffe og nød at sidde i solen i den dejlige have, da der lød et brag, alle kiggede op fra deres opgave der var blevet dem pålagt og så gik det derud af, bordene væltede, porcelænet fløj til alle sider, for midt på skorstenen sad en ørn, så stor som den største spærreballon, der nogensinde er blevet produceret.

Ørnen lettede, den var så stor, at den dækkede for solen, her var med et helt mørkt, kun de onde øjne lyste op, en kæmpe ørn på jagt, vi alle løb, borde og stole fløj til siden, alle løb ud.

Det var dog et værre postyr bemærkede læreren, sådan havde jeg slet ikke forestillet mig det skulle foregå, nu har jeg boet her i så mange år og har aldrig før set en ørn, hvad sker der mon, spurgte hun, en af deltagerne, der var spirituelt interesseret og vidste at ørne har særlige budskaber med sig.

Nu vågnede læreren pludselig op igen, for hvor var det dog pludselig interessant, en ørn endda med et budskab, hvad kunne det dog dreje sig om, jo, jo den ville såmænd bare se til det nye byggeri og give al sin kraft til stedet, så det kunne blive en helt fantastisk og helt guddommelig skole for alle eleverne, der nød godt af lærerens undervisning.

Lene Nielsen

Hvad nu hvis

Hvad nu hvis, jeg kunne ringe til min mor i himlen?

Hvad nu hvis, jeg blev millionær?

Hvad nu hvis, jeg mødte den ægte kærlighed?

Hvad nu hvis, jeg kunne vælge om?

Hvad nu hvis, jeg havde al min erfaring med mig fra fødslen af?

Hvad nu hvis, jeg kunne tale med Gud?

Hvad nu hvis, jeg var statsminister?

Hvad nu hvis, jeg ikke bliver Farmor?

Hvad nu hvis, ordet ikke eksisterede, og i stedet vi brugte ordet

" Nu"?

Nu Gør jeg

Nu vil jeg

Nu må jeg

Nu siger jeg

Nu tillader jeg

Nu er jeg............

Hvad nu hvis?

Hvad nu hvis jeg inviterede nogle særlige gæster?

Vov at vente. Lyden er ganske stille og forstummer i den lydløse silende regn. Duggen dækker hele den våde brunede mark. Kvinden sætter sig med lethed et ganske øjeblik på en træstamme. Rejser sig og går uden retning mod nye horisonter. Mod vest. Finder ingenting. Måske er det netop i ingenting, alting findes?

Hun har søgt længe og hun fornemmer nu stemmens kraft iblandt sine nære styrker.

"Er du villig til at åbne dit hjerte", hvisker den dugfriske vind og puster lidt luft i dagen. Hun trækker luften ind, så godt hun kan. Med vibrerende næsebor drager hun videre gennem det gennemvåde græs og lukker øjnene. Så lytter hun bedre. For sit indre blik ser hun et varmtvandsbassin. En masse skønjomfruer kaster bolde på hende. Hun er populær.

Da hun igen åbner øjnene, hænger en rosafarvet lotusblomst foran hende. Den symboliserer kærlighed, visdom og skønhed. En ny begyndelse med modet dybt i oktobers fuldmåne genspejl og gule kantareller i kontrast.

Villig til overgivelse. Den hellige due dukker op og minder hende om at tage springet ud i det ukendte. Hun behøver ikke længere at være hundrede procent sikker.

Anne Holde

Et juleeventyr

Den lille engelpige sad hjemme i engleriget og tænkte, at nu var det tiden, hvor hun skulle følges med de to store Juleengle til planeten Jorden.

I den smukke juletid.

Deres opgave var at intonere den Nye Juletid, med de nye juletransformationer - som en stor gave til de af menneskeheden, som var parate og længtes efter den "Nye Juletid."

Allerede i oktober i Jordtid skulle de i gang med at transmittere og transformere.

Den lille engelpige glædede sig - hun skulle være i praktik med 2 bestemte store juleengle.

De havde også en gruppe af jordboere, som hørte under energitransmissionen.

Det var spændende, hvordan de ville være i stand til at respondere på energierne.

Og så gik de i gang.

: Frygt ikke - thi en Stor Glæde er iblandt Jer:

Energierne strømmede.
Glæderne strømmede.

Ind i hjerterne fra Engleriget og ud af menneskenes hjerter. Så de elskede hinanden - uden rigtigt at vide hvorfor.

Og så var de i Glæde - uden rigtigt at vide hvorfor. Glæderne boblede og dansede i benene på dem.

Ja - det var Juletider - og der strømmede juleglæde og julekærligheder igennem alle hjerterne.

Den lille engelpige opdagede også, at der var mennesker, som sad helt fortabte og græd og var bange og ulykkelige.
De sad i telte og havde mistet deres hjem og deres land, og de var så bange, så bange. Dem ville den lille engelpige gerne hjælpe.

Hun spurgte de store juleengle om det - og de satte alle 3 fokus på de mange bange teltmennesker og strømmede kærlighed og nænsomhed ind i deres hjerter.
Og ganske stille og langsomt begyndte små lys i øjnene hos de bange at vise sig.

De huskede noget smukt og godt i livet. De mærkede, at selv midt i alt det mørke og bange så ER der GODT i verden.

Juleenglene og den lille engpige blev der rigtig længe. Så de huskede rigtig meget og mærkede det GODE rigtig dybt. I teltene. I de mange telte.

Samtidig rørte Juleenglene og den lille engelpige hjerterne hos en masse mennesker i en anden del af verdenen. De så billeder af teltene og de mange bange - og begyndte at samle tøj, mad og penge ind til dem.

Det blev til mange store bunker og en stor bunke penge også. Så der blev købt meget god mad og andre fornødenheder - til de mange bange i teltene.

Samtidig begyndte mange mennesker at snakke om, at INGEN skal leve i telte fordi deres land er væk.

Juleenglene og den lille engelpige havde travlt meget længe.
De var nemlig meget bange i teltene, og de havde også brug for rigtig meget HÅB.

Så de måtte have fat i en engel til.

Håbets Engel.

Så de to store Juleengle, Håbets engel og den lille engelpige fejrede jul sammen med teltmenneskene. Og langsomt og stille og roligt tændtes lysene og hjerterne og hjernerne hos de mange i teltene.

De begyndte at kunne ane fremtidens Veje. Som oftest næsten som et Fata Morgana. Men på Vej til at blive en mulighed for Levet Liv.

Dagene gik - De Indre Lys blev stærkere - og selve Juledagene manifesterede sig.

Mange mennesker mærkede det - og stoppede op - i stille indre ærbødighed mærkede de Englenes hjerte-kærtegn.

Jetthe **Juanitta Tengwen Damgård**

Forfatternes baggrund

Birthe Aela Faarvang

Medlem af StORDstrømmen – forfatterforening

Elev Vallekilde Højskole forfatterlinjen 2008.

Enkeltkurser, Vestjyllands-, Vallekilde- og Borups Højskole.

Har skrevet siden sit 13. – 14 år.

Har udgivet digte, i følgende antologier:

Haiku til Japan

Syndflod og dommedag. Elleve forfattervinkler

Hov - Vent et øjeblik, Columbine S & D

Der er et herligt land, Forlaget Ravnerock

Lyriske Stemmer, Forlaget HAGLA

Tid til forandring – en antologi

Digte i tidsskriftet Orbit Soul

Novelle: Min mor, Oskar og rulleskøjterne i magasinet ERHVERV og KULTUR

 Lone Rytsel

Forfatter, foredragsholder, voksenunderviser og coach.

Medlem af Dansk Forfatterforeningen og Interessegruppen Stordstrømmen

Fra 1980 skrevet undervisningsmateriale til voksne ordblinde og indvandrere.

Fra 2013 Læse-letbøger til unge og voksne og Personligt udviklende bøger.

"Sindets finurlighed" og "Katastrofen – En Corona kom forbi".

Samt "Tænk dig til et bedre liv."

Skoleleder hos DOF- Sandvig Folkeoplysning og Fortælleværksted.

Anne Holde

Uddannet Socialrådgiver fra Ålborg universitetscenter og har arbejdet i forskellige kommunale institutioner med udsatte børn og familier og har i mange år arbejdet som familiekonsulent.

Udgivet sin første bog: "Hjertets forvandling – Tårernes vækkeur" i 2019

 Bent Vifert Larsen

Jeg er 83 år gammel, har en søfartsuddannelse og har sejlet i Handelsflåden på forskellige niveauer en stor del af mit arbejdsliv, senere uddannet som Tidsstudietekniker, de sidste år af mit arbejdsliv var jeg rengøringsleder på Sclerosehospitalet i Haslev.

I dag er jeg 83 år gammel og pensionist, men deltager i forskellige aktiviteter som; Petanque, Krolf, Gymnastik, Slægtsforskning, Mænds Fællesskaber, mv.

Jeg har skrevet små digte og fabler, så længe jeg husker tilbage, mit skriv betyder ro og refleksion, det er en del af mit liv og min sjæl.

 Jetthe Juanitta Tengwen Damgård

Jeg er 66 år - og har mange oplevelser med mig. Og ligeså mange livsområder - som har inspireret og givet livs-rum igennem årerne. Har skrevet i mange år ...faktisk siden jeg var 14 - mestendels for egne øjne. Sjældne gange er det blevet delt med mennesker tæt på. Undtaget mit speciale på Institut for Kultursociologi / 88 ....
Ellers har jeg malet billeder - mange - små og flest meget store ... De hænger nu i Nordjylland - og Kbh og resten bor hos mig i Præstø.
NU er tiden så kommet til at udvide det kreative felt i min tilværelse - nemlig ved at deltage i dette bogprojekt.

Lene Holm Nielsen

Hej mit navn er Lene Holm. Jeg er alternativ behandler, og den dag jeg åbnede for min spirituelle verden, som jeg intet anede om, da åbnede jeg også op til en kreativ side.

Det blev både til kreativ pynt og indretning, men også til en smule skriv, som er inden for børneverdenen, magi og fantasier.

Men det er også blevet til en online bog, om min vej, fra fødsel til i dag. Jeg er sikker på det vil fortsætte, og mit skriv er kommet for at blive.

Jopie Leopoldsdotter von Horn

Jopie er uddannet instruktør og manuskriptforfatter fra STATENS TEATERSKOLE samt tegner/scenograf fra DESIGNSKOLEN

Malet og tegnet siden hun var 3-4 år og fik udgivet de første digte som 13-årig.

Hun er aktiv på Facebook hver dag, hvor hun lægger et billede og et haiku digt ind.

Andre udgivelser af Lone Rytsel:

Lettilgængelige bøger i "håndtaskeformat".

"Forrådt"

En historie om 3 personer, der føler sig forrådt og svigtet, og som flettes ind i hinandens liv.

Helene, der vokser op i det gamle Nørrebro i 50`rne og drømmer om at få et godt betalt job, og det lykkes hende at bryde den sociale arv og komme til at bo i et af de nye udflytterboliger. Men hun ender med at sidde alene, velhavende og ulykkelig og føler sig forrådt af livet og af sig selv.

RIta er 56 år og er tidligere blevet forrådt af sin kæreste som ganske ung, og har holdt sig borte fra mænd, da hun en dag følger sig tiltrukket af en spændende mand og er parat til at give livet en chance igen, men der sker noget helt andet, end det, hun havde håbet på.

Morten føler sig svigtet af sin krop og gennemtænker sit liv og beslutter sig for at gøre alt det godt igen, som han har gjort ondt mod andre kvinder.

Læs bogen og se, hvad der sker.

"Ikke glemt"

En ung mand har mistet hukommelsen og findes af en ældre kvinde, der tager sig af ham, indtil han vælger at rejse videre for at finde sin identitet. Det skulle han aldrig have gjort. Han kommer i tanke om sit navn, men stadig ikke hvem han er, og han vikles ind i et spind af uforståeligheder og hævngerrige handlinger.

En spændende handling, der har en afslutning, der giver dig mulighed for at "digte" videre på historien og vælge din helt egen slutning.

"Hemmeligheden – En historie om søgende unge"

Lene – en ung pige - bliver begravet efter at have begået selvmord. Susan hendes veninde hører Lene kalde på hende efter begravelsen. Hun oplever, ved hjælp af en teknik med "ånden i glasset", at det er vigtigt, hun finder ud af, hvorfor såvel Lene, som to andre af deres venner har begået selvmord. Hun vil søge hjælp hos sin storebror Peter, men han kommer ikke hjem om aftenen, og hans ven Brian, dukker heller ikke op.

Læs den spændende historie, hvor du kan læse, hvad der er sket med Peter og Brian, og en overraskende afslutning for Susan og hendes veninder.

"Saras hemmelige liv"

Året er 2115. Det er lykkedes menneskene at ødelægge jorden, så der er ganske lidt liv tilbage. De stærkeste overlever, men også den unge pige Sara, der har svært ved at indordne sig et liv, hvor man ikke må tænke selvstændigt og heller ikke læse en bog der, hvor hun bor med sin familie. Hun finder udveje og opsøger andre grupper, der forsøger at overleve på en anden måde, og det lykkes hende at snige sig ud og nyde boglæsningen og snakken med de andre, indtil det en dag går galt.

Hun har fundet sig en kæreste blandt Mælkebøttefolket, og han forsøger at hjælpe hende. Læs bogen og se, hvad der sker med Sara.

"Bjerget, der åbnede sig"

En spændende fantasihistorie, der er inspireret af en virkelig begivenhed.

Eva og Hans og deres 2 større børn Sørine og Peter er på ferie i deres egen bil i Spanien, da der sker en naturkatastrofe. Et bjerg åbner sig og Hans og Peter føler sig lokket til at gå ind i bjerget, der hurtigt lukker sig igen. Herfra udvikler historien sig. Men spørgsmålet er: "Hvad sker der i virkeligheden?". Læs bogen og vurder selv.

"Kærlighedens krinkelkroge"

Anna er en ældre kvinde på 80 år, der altid har været glad for fest og udsøgt mad, men også unge mænd. Hun chokerer sin unge niece ved at fortælle om sit udsvævende sexliv. Sideløbende hører vi om en yngre mand, der ønsker at tage hævn for Annas måde at misbruge ham på. De mødes til sidst på et krydstogt, og det får fatale følger for dem begge to. Læs bogen og opdag den overraskende slutning.

"Sindets finurlighed"

En kvindelig forfatter er utilfreds med sit forlag og beslutter sig til at møde op til en reception og skabe ballade, men der sker noget helt andet, end hun havde forventet. Hun får et meget spændende liv med mange seksuelle oplevelser, men vi møder hende også på en psykiatrisk afdeling, hvor hun fortæller sin historie. Har hun haft en psykose eller er det en virkelig historie, der måske har skabt en psykose? Læs bogen og vurder selv.

"Katastrofen – en Corona kom forbi"

En ung mand – nærmest en dreng – lever i en tid, hvor samfundet og naturen er ved at gå under på grund af overforbrug og miljøproblemer, og så bliver det ikke bedre af, at der kommer en pandemi med Covid 19. Han synes at være immun overfor den virus sammen med enkelte andre, men ret hurtigt bliver han nødt til at blive voksen.

Bøger om selvudvikling og prosalyrik

"Tænk dig til et bedre liv – 2. udgave"

"Når trolde coacher"

"Sådan tiltrækker du det liv, du ønsker"

"Forstærk din tiltrækningskraft"

"Mine små soldater"

"Ord til eftertanke og billeder til nydelse"

"Årets opdagelsesrejse"

"Tid til forandring" en antologi

"Engle sover aldrig"

"Fra Kaos Til Håb"

"Kærlighed – den lykkelige og den udfordrende"